少年探偵　19

夜光人間

江戸川乱歩

もくじ

装丁・藤田新策

さし絵・佐藤道明

少年探偵

夜光人間

江戸川乱歩

きもだめしの会

名探偵明智小五郎《めいたんていあけちこごろう》の少年助手《しょうねんじょしゅ》、小林芳雄君《こばやしよしおくん》を団長《だんちょう》とする少年探偵団《しょうねんたんていだん》は、小学校の五、六年生から中学の一、二年生までの少年二十人ほどで組織《そしき》されていました。みんなが近くに住んでいるわけではなく、学校もちがっている少年が多いので、この二十人が、いつでも集《あつ》まるわけではありません。ときによって、事件《じけん》にかんけいする少年たちの顔《かお》ぶれがちがうのです。

みんな学生ですから、学校のある時間には、探偵のはたらきはできません。また、おうちで勉強《べんきょう》もしなければなりません。ですから、日曜日のほかは、すこしの時間しかはたらけないのです。

ことに、夜《よる》外へ出て冒険《ぼうけん》をすることは、おとうさんやおかあさんがおゆるしにならないうちが多いので、小林団長《こばやしだんちょう》は、団員《だんいん》たちを夜集めることは、できるだけしないようにしていました。おゆるしが出た少年たちだけを、七時か八時ごろまで集めることにして、それ以上夜《いじょうよ》ふかしをしないように、こころがけていました。

でも、事件は夜おこることが多いので、夜ふけにはたらかなければならないときには、少年探偵団《しょうねんたんていだん》ではなくて、チンピラ別働隊《べつどうたい》をつかうことにしていました。チンピラ隊は、「アリの町」*1で、いろいろなアルバイトをやっている少年たちで、夜の冒険《ぼうけん》なんかへいきですから、つごうがいいのです。

少年探偵団員《しょうねんたんていだんいん》たちは、なにも事件《じけん》がないときには、明智探偵事務所《あけちたんていじむしょ》に集《あつ》まって、明智先生《あけちせんせい》からいろいろなことをおそわっていました。ものごとを注意《ちゅうい》ぶかく見ることだとか、なにかのできごとのほんとうの意味《いみ》を見やぶる、推理《すいり》のやりかただとか、顕微鏡《けんびきょう》の見かた、化学《かがく》の実験《じっけん》など、探偵にひつような法医学《ほういがく》*2の知恵《ちえ》を、すこしずつおそわっているのでした。

また、からだをきたえるために、多くの団員が柔道《じゅうどう》をならっていましたし、団員の井上《いのうえ》一郎君《いちろうくん》のおとうさんが、もと拳闘選手《けんとうせんしゅ》だったので、井上君といっしょに拳闘をおそわっている団員もありました。

団員たちはときどき、「きもだめしの会」をひらくことがありました。江戸時代《えどじだい》や明治《めいじ》時代《じだい》の少年たちは、「試胆会《したんかい》」というきもだめしの会を、よくやったものです。まっ暗《くら》な夜、さびしい墓地《ぼち》などをひとりで歩いて、勇気《ゆうき》をためすのです。墓地のおくのほうに、木の札《ふだ》を何枚《なんまい》もおいて、ひとりずつそこへいって、札を持ってかえるのです。

むかしの少年たちは、おばけがほんとうにいると思っていたので、夜中に墓地をひとりで歩くのはこわくてたまらなかったのです。そのこわいことをわざとやって、きもったま

*1 第二次世界大戦後、東京・浅草《あさくさ》近くの空き地に廃品回収業《はいひんかいしゅうぎょう》の人たちがつくった町
*2 法律《ほうりつ》と関係のあることがらを取りあつかう医学。死因・死亡時間・血液型・指紋《しもん》などを調べる

を強くしようとしたのです。

少年たちの中には、いたずらものがいて、頭《あたま》から白いきれをかぶって、墓《はか》のうしろにかくれていて、おどかしたりするので、ちいさい少年たちは、この試胆会《したんかい》のときにはびくびくものでした。しかし、それがやっぱり、むかしの少年たちの心を強くするのに、役《やく》にたったものです。

少年探偵団員《しょうねんたんていだんいん》には、おばけがほんとうにいるなんて思っている少年は、ひとりもありませんでした。でも、まっ暗《くら》なところをひとりで歩くのは、やっぱり、うすきみが悪《わる》いのです。それで、暗闇《くらやみ》なんかこわがらないようにするために、小林少年《こばやししょうねん》は、むかしの試胆会にならって、きもだめしの会を、ときどきひらくことにしていました。

今夜も、その会があるというので、おとうさんやおかあさんからおゆるしの出た少年たちだけが、七人集《あつ》まりました。場所《ばしょ》は、世田谷区《せたがやく》のはずれの木下君《きのしたくん》のおうちです。

木下昌一君《きのしたしょういちくん》は、やはり団員のひとりなのですが、そのおうちのそばに、大きな森があって、きもだめしにはもってこいなので、夕方《ゆうがた》から、みんなが木下君のおうちに集まり、外がまっ暗になるのを待って、その森へでかけていったのです。

ところが、この森には、そのころ、きみの悪いうわさがたっていました。ひ、と、だ、ま、が出るというのです。

ひとだまは、地方によっては、火の玉ともいいます。まるい火の玉が、オタマジャクシのように、スウッと尾《お》をひいて、空中をとんでいくのです。赤いひとだまもありますし、青いひとだまもあります。

むかしのひとは、これは死《し》んだ人間のたましいが、とんでいるのだといって、こわがったものです。

しかし、いまでは、そんなことを信《しん》じる人はありません。リンがもえるのを、ひとだまだと思ったり、こまかい虫が、ひとかたまりになってとんでいくのに、どこかの光があたって、ひとだまみたいに見えたり、流星《りゅうせい》がひとだまのように見えたり、そのほかいろいろなものを、見まちがえて、ひとだまと思いこむのだと考えている人が多いのです。

でも、理屈《りくつ》ではそう考えていても、ひとだまが出るなんていわれると、やっぱり、気持ちがよくはありません。ひとだまなんか信じない少年探偵団員《しょうねんたんていだんいん》たちも、そのうわさを聞いて、ぶきみに思わないわけにはいきませんでした。

小林少年《こばやししょうねん》は、そういうきみの悪《わる》いうわさのある森を、わざとえらんだのです。みんな勇気《ゆうき》のある少年たちですから、そのくらいのうわさがあるほうが、かえって、きもだめしには、つごうがよいのでした。七人は、森の入り口へやってきました。まだ八時ぐらいですが、そのへんには家もないので、あたりはまっ暗《くら》です。空はいちめん雲におおわれ、星ひとつ見えません。大きな木のしげった深《ふか》い森です。森の中をのぞいてみると、黒ビロードのようにまっ暗《くら》です。

「みんな、この森のむこうのはずれに、大きなひらべったい石があるのを知っているね。昼間《ひるま》見ておいたから、わかるだろう？　あの石の上に、木の札《ふだ》が七枚《まい》おいてある。ひとりずつ順番《じゅんばん》に、森の中へはいっていって、あの札を一枚ずつとってくるんだよ。わかったね。」

小林君《こばやしくん》が、六人の少年たちに、いってきかせました。

「わかっているよ。ぼくが、いちばんにいくよ。」

拳闘《けんとう》のうまい井上一郎君《いのうえいちろうくん》が、一足《ひとあし》まえに出ていいました。

「やっぱり、きみは勇気《ゆうき》があるね。よしッ、いちばんのりは井上君だ。だが、きみ、ひとだまに注意《ちゅうい》したまえね。」

小林少年《こばやししょうねん》が、ちょっと井上君をからかってみました。

「ひとだまは、どのへんに出るんだい？　木下君《きのしたくん》。」

ひとりの少年が、おっかなびっくりで、たずねました。

「ぼくのうちのそばの、やおやのおじさんが見たんだって。この森のまん中に、大きなシイの木があるんだよ。そのシイの木の下から、スウッと、青いひとだまが浮《う》きあがってきたんだって。そして、シイの木のてっぺんまで、するするすると、まるで木のぼりをするようにあがってって、それから、空へとんでいってしまったんだって。」

「それ、どのくらいの大きさなんだい？」

「直径《ちょっけい》三十センチぐらいだって。オタマジャクシみたいな長いしっぽがあって、それがふらふらと動《うご》いていたっていったよ。」

「わあ、すげえ！　そいつが、こっちへとびついてきたら、たいへんだね。」

「おどかすなよ。ぼくが、これから、はいっていくんじゃないか。」

井上君《いのうえくん》が、しかるようにどなりました。

そして、

「じゃ、いってくるよ。」

といいすてて、そのまま、森の中へすがたを消《け》しました。

闇《やみ》にひかる顔《かお》

井上一郎君《いのうえいちろうくん》は、ただひとり、黒ビロードのような闇《やみ》の中を歩いていきました。大木が立ちならんでいますから、その幹《みき》にさわりながら進《すす》むのです。

目が見えなくなってしまったように、なにも見えません。風がないので、木の葉《は》のざわめきもなく、自動車《じどうしゃ》のとおる町からは、遠くへだたっているので、あたりは、しいんとしずまりかえって、耳が聞こえなくなってしまったのかと、うたがわれるほどです。

木の札《ふだ》のおいてある大きな石のところまでは、百メートルほどあります。井上君《いのうえくん》は、やっと三十メートルぐらい進《すす》んだばかりです。うっかりすると、木の根《ね》につまずいて、ころびそうになるので、はやく歩けないのです。

ふと見ると、森のおくのほうに、なんだか白くひかるものが、宙《ちゅう》に浮《う》いていました。

「おやッ、月が出たのかしら?」

まさか、森の中に、月が出るはずはありません。では、いったい、あのひかるものは、なんでしょう?

井上君は、すぐに、ひとだまのことを思いだしました。ひとだまなら、こわくありません。もっと近よって、正体《しょうたい》を見とどけてやろうと、そのほうへ進んでいきました。

しかし、五、六歩《ぽ》進んだとき、井上君は、ぴったり、立ちどまってしまいました。それは、ひとだまではなかったからです。

ひとだまはオタマジャクシのような、しっぽがあると聞いていました。ところが、むこうにひかっている、まるいものには、しっぽがないのです。しっぽがなくて、ただ宙に浮いているのです。そして、そいつは、だんだんこちらへ近づいてくるのです。

井上君《いのうえくん》は、ギョッとして逃《に》げだしそうになりました。

その白くひかるまるいものには、二つのまっ赤な目があったからです。大きなまるい目が、火のように赤くかがやいていたのです。

そして、口です。ああ、そのばけものが、ガッと口をひらいたのです。口の中も、まっ赤にもえていました。耳までさけた、まっ赤な口から、いまにも火を吹《ふ》きだしそうに見えたのです。

その赤い目の銀色《ぎんいろ》の首は、しばらく、ふわふわと、宙《ちゅう》にただよっていましたが、とつぜん、つつつつ……と、井上君の目の前に、とびかかってきたではありませんか。

「ワアッ……」

さすがの井上君も、叫《さけ》び声《ごえ》をたててとびのきました。そして、いちもくさんに、森の外へ逃げだしたのです。いくら拳闘《けんとう》ができても、ばけものにはかないません。

森の入り口に待っていた小林君《こばやしくん》たち六人の少年は、「ワアッ……」という声を聞きました。どうしたんだろうと心配《しんぱい》しているところへ、井上君が、恐《おそ》ろしいいきおいで、とびだしてきました。

まっ暗《くら》ですから、とっさには、だれだかわかりません。六人はギョッとして逃げだしそうになったくらいです。

「なあんだ、井上君《いのうえくん》か。どうしたんだ。」

小林少年《こばやししょうねん》がたずねますと、井上君は息《いき》をきらして、

「ば、ば、ばけものだ。ばけものが、とびかかってきたんだ。」

少年たちは、おばけなんか信《しん》じないはずだったではありませんか。

「ばけものだって？　そんなものがいて、たまるもんか。きみはなにかを、見まちがえたんだよ。」

野田《のだ》という少年が、しかりつけるようにいいました。野田君《のだくん》は、柔道《じゅうどう》をならっている強い少年でした。

「見まちがえるもんか。ぼくはそんな弱虫じゃない。たしかに、首だけのばけものがとんできたんだ。まっ赤《か》な目がもえるようにひかっていた。口から火を吹《ふ》くように見えた。そして、顔《かお》ぜんたいが銀色《ぎんいろ》なんだ。……ひとだまじゃないよ。ひとだまに目や口があるはずはない。」

井上君は、やっきとなっていいはるのでした。

「それじゃ、みんなで、そいつを、たしかめにいこうじゃないか。」

小林少年が、決心《けっしん》したようにいいました。

「うん、いこう、いこう。」

みなが、口をそろえて賛成《さんせい》しました。おばけと聞いて逃《に》げだすような、おくびょうものは、ひとりもいなかったのです。

「じゃあ、ぼくについてくるんだよ。」

小林君《こばやしくん》はそういって、さきに立って、まっ暗《くら》な森の中へ、ふみこんでいくのでした。

夜光怪人《やこうかいじん》

小林君をさきに立てて、七人の少年が、森の中へはいっていきましたが、森の中は、ただまっ暗で、あやしい光りものなどは、どこにも見えません。もう三十メートルほど進《すす》んだのに、なにもあらわれないのです。

「井上君《いのうえくん》、なにもいないじゃないか。やっぱり、きみの気のせいだったかもしれないよ。」

野田君《のだくん》の声が、ぼそぼそと、ささやきました。

「へんだなあ。さっきは、たしかに、このへんの宙《ちゅう》に浮《う》いていたんだよ。」

井上君も、ささやきかえしました。そして、キョロキョロと、暗闇《くらやみ》の中を見まわすのでした。

すると、そのときです。どこからともなく、へんな音が聞こえてきました。はじめは、もののすれあうような、えたいの知れぬ、かすかな音でしたが、耳をすましていますと、何者《なにもの》かが暗闇《くらやみ》の中で、くすくすと、笑《わら》っているように感《かん》じられました。

七人の少年たちのうちの、だれかが笑っているのでしょうか。

「だれだ、笑っているのは？」

小林君《こばやしくん》が、おしころした声でたずねました。だれも答《こた》えません。まっ暗で、おたがいの顔《かお》は見えませんが、笑っているのは、どうも少年たちの仲間《なかま》ではないようでした。

そのうちに、くすくすというしのび笑いが、だんだん、大きな声になってきました。たしかに笑っているのです。ひとをばかにしたように、笑っているのです。

とうとう、爆発《ばくはつ》するような大笑《おおわら》いになりました。

「ワハハハハ……、ワハハハハ……」

森じゅうにひびきわたる、悪魔《あくま》の笑い声でした。

少年たちは、おもわず、おたがいのからだを、だきあうようにして、立ちすくんでいました。まっ暗闇の中に、とほうもない笑い声だけがひびいているのは、じつにきみの悪《わる》いものです。

「アッ！　出たッ！」

井上君《いのうえくん》が、おしころした声で叫《さけ》びました。みんなはギョッとして、あたりを見まわしました。

ずっとむこうです。森の木の間に、見えつかくれつ、あの銀色《ぎんいろ》の首が、ふわふわと浮《う》いているではありませんか。

少年たちは、いよいよ身をかたくして、じっと、そのひかる首を見つめました。

スウッと、一直線《いっちょくせん》にとぶかとおもうと、また、ふわふわとただよい、その首は、だんだん、こちらへ近よってきます。

井上君のいったとおりです。銀色の顔《かお》、まんまるで、もえるようにまっ赤《か》な目、ガッとひらいた赤い口、なんともいえない恐《おそ》ろしい顔です。

「みんな、逃《に》げちゃいけないよ。おばけなんて、いるはずはない。だれかが、ぼくたちをおどかすために、いたずらをしているんだ。きっとそうだよ。だから、みんなで、あいつをつかまえてやろうじゃないか。」

小林君《こばやしくん》が、ささやきました。

「うん、やっつけちゃおう。」

野田君《のだくん》が元気よく、ささやきかえしました。

そこで、少年たちはたがいに手をつなぎあって、じりじりと、怪物《かいぶつ》の顔のほうへ進《すす》んでいきます。

すると宙《ちゅう》に浮《う》く首は、それと知ったのか、だんだん、あとじさりをはじめたではありませんか。ふわふわと、むこうのほうへ遠ざかっていくのです。

相手《あいて》が逃《に》げだしたとわかると、少年たちは、ますます元気が出てきました。

いっそう、足を速《はや》めながら、ひかる首を追《お》っていきます。

まっ暗《くら》な森の中、ゆくてに立ちふさがる大きな木の幹《みき》を、ぬうようにして進《すす》んでいくのです。

銀色《ぎんいろ》の首は、少年たちをからかうように、ふわふわとただよいながら、森のおくへ、おくへとはいっていきましたが、やがて、ピタッと、宙にとまってしまいました。そして、まっ赤《か》な目で、じっとこちらを、にらみつけているのです。少年たちも立ちどまりました。息《いき》づまるような、にらみあいです。

二十秒《びょう》ほどたったとき、少年たちは、なにか、パッとひかるものに、いすくめられて、くらくらっと、目がくらむような気がしました。

ああ、ごらんなさい。そこに、ひとりの銀色にひかる人間が立っていたではありませんか。あの恐《おそ》ろしい首の下に、胴体《どうたい》がつながったのです。そして、その胴体も、うすきみ悪《わる》く銀色にひかっているのです。

怪物《かいぶつ》は、まっぱだかで、仁王立《におうだ》ちになっていました。その全身《ぜんしん》が、後光《ごこう》のような光でおおわれているのです。

夜光怪人《やこうかいじん》！　まさに夜光の人間です。いったい、この怪人はどうして、こんなにひかるからだを持っているのでしょう。それに、あの恐《おそ》ろしい、まんまるな、まっ赤《か》にかがやく目、火を吹《ふ》く口。こんな怪物が、地球上にあらわれたことが、一度《ど》だってあったでしょうか。

少年たちは、あまりのふしぎさ、恐ろしさに立ちすくんだまま、夢《ゆめ》でも見ているような気持ちでした。

「ワハハハハ、ワハハハハハ……」

銀色《ぎんいろ》の怪物は、もえるような、まっ赤な口をあけて、森じゅうにひびく笑《わら》い声《ごえ》をたてました。

笑いながら、怪人のひかるからだは、スウッと、地面《じめん》をはなれて宙《ちゅう》に浮《う》きました。そして、ぐんぐん、上のほうへのぼっていくではありませんか。この夜光怪人は、飛行《ひこう》の術《じゅつ》をこころえているのでしょうか。

黒ビロードの闇《やみ》の中に、ピカピカと銀色にひかる人間。それが空へ空へとのぼっていくのです。なんという、美しさでしょう。ぞっとするほど、こわくて、美しい光景《こうけい》です。

少年たちは、息《いき》もつまる思いで、それを見つめているのでした。

宙《ちゅう》に浮《う》く首

世田谷区《せたがやく》の木下昌一君《きのしたしょういちくん》のおうちのそばにある森の中に、からだじゅう銀色《ぎんいろ》にひかる怪物《かいぶつ》があらわれてから二、三日は、なにごともなく、すぎさりました。

あのとき、怪物はケラケラと笑《わら》いながら、高い木の上に浮《う》きあがっていって、そのまま闇《やみ》の空へ、すがたを消《け》してしまいました。

少年団員《しょうねんだんいん》たちは、こわくなって、そのまま、めいめいのうちへ逃《に》げかえり、おとうさんに、そのことを話しましたが、

「そんなばかなことがあるもんか。きっと、リンでももえているのを、見まちがえたのだろう。」

といって、すこしも、とりあってくださらないのでした。

むりもありません。全身《ぜんしん》銀色にかがやいて、目はまっ赤《か》にひかり、口の中は火のようにもえている人間なんて、この世《よ》にいるはずがないからです。

ところが、少年たちは、夢《ゆめ》を見たのではありません。あの恐《おそ》ろしいやつは、やっぱり、

ほんとうの怪物《かいぶつ》だったのです。それから二、三日たった、ある晩《ばん》のこと、こんどは千代田《ちよだ》区《く》の、屋敷町《やしきまち》のまん中に、銀色《ぎんいろ》のやつがあらわれたのです。

もう、夜の十一時をすぎていました。まだところどころに、広いあき地のある、さびしい屋敷町を、火の番のおじいさんが、*1

「火の用心。ちょん、ちょん……」

と、ひょうし木《ぎ》*2をたたきながら歩いていました。

腰《こし》にちょうちんをさげていますが、小さなろうそくとみえて、いまにも消《き》えそうな心ぼそいあかりです。

そこは、両側《りょうがわ》に長い塀《へい》のつづいている、まっ暗《くら》な町でした。*3常夜灯《じょうやとう》も、電球《でんきゅう》がわれて消えてしまい、鼻《はな》をつまれても、わからぬほどの暗《くら》さです。

いっぽうは、コンクリートの万年塀《まんねんべい》ですが、もういっぽうは、まっ黒にぬった板塀《いたべい》で、いっそう、まっ暗に見えるのです。

その黒板塀《くろいたべい》の前をとおっていますと、塀の一か所《しょ》が、ゆらゆらと、動《うご》くような気がしました。

火の番のおじいさんは、オヤッと思って立ちどまりました。

「なんだろう？　塀に小さなひらき戸がついていて、それが、風で動いたのかしら？　も

＊1　火事の予防・発見をするための見はり人　＊2　二つ打ち合わせて鳴らす長方形の小さな木
＊3　一晩じゅうつけておくあかり

し、そうだったら、用心の悪《わる》いことだ。ちゃんと戸じまりをしておかなけりゃあ。」

おじいさんはそう考えて、手さぐりで黒塀《くろべい》に近づいていきました。ちょうちんのあかりが暗《くら》いので、はっきり見えないのです。

すると、なんだかきみの悪い、やわらかいものが、手にさわりました。びっくりして、うしろにさがり、腰《こし》のちょうちんをとって、よく見ようとすると、パッと、そのちょうちんが、地面《じめん》にうち落《お》とされ、火が消《き》えてしまいました。

なにか、目に見えないまっ黒なやつが、そこに立っていて、ちょうちんを、たたき落としたのです。さっき手にさわった、やわらかいものは、そいつのからだだったのでしょう。

「だれだッ？　そこにいるのは、だれだッ。」

おじいさんは、うすきみ悪いのをがまんして、大声でどなりました。

相手《あいて》はだまっています。まっ黒な塀《へい》の前のまっ黒なやつですから、すこしも目には見えません。

そいつは、ぴったりと、塀にからだをくっつけて、クモのように横《よこ》にはって、もう逃《に》げてしまったのかもしれません。それとも、もとの場所《ばしょ》に、じっとしているのでしょうか。相手が人間だか、けだものだか、わからないので、じつにきみが悪いのです。

そのとき、すぐ鼻《はな》のさきの闇《やみ》の中で、ケラ、ケラ、ケラという、身《み》ぶるいするような笑《わら》い声が聞こえました。

ギョッとして、そのほうを見つめますと、いきなり、黒板塀《くろいたべい》の、おじいさんの顔《かお》と同じぐらいの高さのところに、人の顔があらわれたではありませんか。青白くひかった顔です。その中にふつうの人間の三倍《ばい》もあるような、大きな二つの目が、まっ赤《か》にかがやいています。赤い目の銀色《ぎんいろ》の顔です。その顔ばかりが、宙《ちゅう》に浮《う》いているのです。

「ケラ、ケラ、ケラ……」

その顔が、口をあいて笑《わら》いました。ああ、その口！　口の中は、まっ赤です。まるで火がもえているようです。

あまりの恐《おそ》ろしさに、火の番のおじいさんは、「ワアッ！」と叫《さけ》んで、その場に、しりもちをついてしまいました。

すると、その叫び声におどろいたのか、銀色の顔は、パッとかき消《け》すように見えなくなってしまいました。

おじいさんは、やっと、腰《こし》をさすりながら立ちあがりました。そして、こんなきみの悪《わる》いところには、一刻《いっこく》もいられないというように、すたすたと歩きだしました。

ところが、二メートルも歩かないうちに、またしても、すぐ耳のそばで、ケラ、ケラ、ケラと、あの笑い声。ギョッとして、そのほうを見ますと、またしても、そこの黒板塀に、あの銀色《ぎんいろ》の、まっ赤《か》な目の顔《かお》が、あらわれていたではありませんか。

おじいさんは、くぎづけになったように、そこに立ちすくんでしまいました。逃《に》げたら、うしろからグワッと、ばけものに、かみつかれそうに思ったからです。

銀色の顔ばかりのおばけは、スルスルと黒板塀《くろいたべい》のてっぺんへ、のぼっていきました。そして、そのてっぺんの横板《よこいた》の上に、ちょこんとのっかって、まっ赤な口を、パクパクひらきながら、赤い目で、こちらをにらみつけながら、ケラ、ケラ、ケラ、ケラと笑《わら》いました。

「ワアッ！」

おじいさんは、もう、無我夢中《むがむちゅう》になって逃《に》げだしました。いまにもうしろから、あの赤い目の首がとびついてくるのではないかと、生きたここちもなく、ただ走りに走るのでした。

やっと、黒板塀がなくなって、むこうが、ボウッと明るくなってきました。その角《かど》をまがったむこうに、常夜灯《じょうやとう》がたっているらしいのです。

おおいそぎで、その角をまがりました。ずっとむこうに、うす暗《ぐら》い電灯《でんとう》がついています。見ると、その電灯の下を、コツ、コツと、こちらへ、歩いてくる人があるのです。

「アッ、おまわりさんだ。」

それは、制服《せいふく》のおまわりさんが、夜の町を、見まわっているのでした。おじいさんは大よろこびで、そのほうへ、かけよっていきました。

「だ、だんな、たいへんだ。銀色《ぎんいろ》にひかった首が、あの黒板塀《くろいたべい》の上に……」

おじいさんはつっかえながら、そんなことをいって、まがり角《かど》のむこうを指《ゆび》さすのでした。

「なに、銀色の首だって?」

おまわりさんが、みょうなふくみ声で聞きかえしました。よく見ると、へんなおまわりさんです。制帽《せいぼう》のひさしの下から顔《かお》の前に、黒いきれがさがっているのです。そのきれにつつまれて、顔はすこしも見えません。

おじいさんは、みょうな顔をして、その黒いきれを見つめました。

「へえ、銀色の首です。まっ赤《か》なでっかい目をして、口から火を吹《ふ》いて、板塀の上に、ちょこんと、のっかっていました。首ばかりのばけものです。」

「へ、へ、へ、へ、へ……」

おまわりさんが、へんてこな笑《わら》い声《ごえ》をたてました。

「へ、へ、へ、へ……、そいつは、こんな顔だったかね。」

といって、制帽をぬいで見せました。

「ワアッ!」

おじいさんは、またしてもひめいをあげて、しりもちをつきました。

おまわりさんの顔は、青っぽい銀色をしていたからです。まっ赤な二つの目が、こちらをにらんでいました。そして、あのまっ赤《か》な火のような口をひらいて、ケラ、ケラ、ケラと、笑《わら》ったではありませんか。

おじいさんは、あまりの恐《おそ》ろしさに、とうとう気をうしなってしまいました。そして、しばらくして気がついてみると、おまわりさんのすがたも、銀色《ぎんいろ》の顔《かお》も、どこにも見えないのでした。

墓地《ぼち》の恐怖《きょうふ》

それから二日ほどたった夜ふけのこと、港区《みなとく》の白金町《しろがねちょう》にある妙慶寺《みょうけいじ》というお寺《てら》の墓地《ぼち》に、またしても、あの銀色のばけものがあらわれたのです。

やっぱり、夜の十一時ごろのことでした。おしょうさまが、手洗《てあら》いにおきて、窓《まど》から墓場《はかば》のほうを見ますと、たちならぶお墓の間に、白いものが動《うご》いているような気がしましたので、どろぼうでもはいったのではないかと、寺男《てらおとこ》のじいやをおこして、墓場を見まわるようにいいつけました。

じいやは懐中電灯《かいちゅうでんとう》を持って、墓場へはいっていきました。

大きいのや、小さいのや、いろいろの形《かたち》の墓石《はかいし》が、ズウッとならんでいて、その間を、ほそい道が、ぐるぐるまわりながらつづいています。

じいやはそこを、あちこちと歩きまわってみたのです。そして、墓場《はかば》のまん中までたどりついたときです。闇《やみ》の中から何者《なにもの》かが、パッととびかかってきて、手に持っている懐中《かいちゅう》電灯《でんとう》をうばいとってしまいました。

懐中電灯が消《き》えると、あたりは、手さぐりで歩かなければならないほどの暗《くら》さでした。相手《あいて》が何者だか、まったくわかりません。

じいやは、いまにも、だれかが組みついてくるのではないかと、身《み》がまえをしましたが、するど、そのとき、じつにふしぎなことがおこったのです。

むこうの墓石《はかいし》の上に、パッと、銀色《ぎんいろ》のまるいものが、あらわれました。

銀色の顔《かお》です。

そいつが、まっ赤《か》にひかる大きな目で、じっと、こちらを、にらみつけているのです。

口がパクッと、ひらきました。

ああ、その口！　もえるように、まっ赤な口です。

そして、ケラ、ケラ、ケラと、なんともいえない、きみの悪《わる》い笑《わら》い声《ごえ》が聞こえてきたではありませんか。

墓石の上に、ちょこんと、銀色の首がのっかっているのです。その首ばかりのばけものが、まっ赤な口で笑《わら》っているのです。

こんなふしぎなことが、あるものでしょうか。

じいやは、ゾーッとして、身動《みうご》きもできなくなってしまいました。

すると、墓石《はかいし》の上の首が、ふっと見えなくなったのです。

「オヤッ、それじゃあ、いまのは、わしの気のせいだったのかな？」

と思っていますと、こんどは、二メートルもへだたった、べつの墓石の上に、同じ銀色《ぎんいろ》の首が、パッとあらわれたではありませんか。

そして、赤い口で、ケラ、ケラと笑うのです。

しばらくすると、また、パッと消《き》えました。

消えたかとおもうと、こんどは、ちがった方角《ほうがく》の墓石の上にあらわれ、まっ赤な口を、パクパクさせます。

そして、消えたりあらわれたり、あちこちの墓石の上にとびうつって、めまぐるしく動《うご》きまわるのです。

じいやは、あっちを見たり、こっちを見たり、目がまわるような気持ちでした。

しまいには、墓石という墓石の上に、銀色の首が、何十となくのっかって、その首がみんな、じいやをにらみつけて、ケラ、ケラ、ケラと笑っているように、思われてくるのでした。

そのとき、うしろから、じいやの腕《うで》を、ぐっとつかんだやつがあります。

ギョッとしてふりむくと、そこに、白い着物《きもの》を着た人間が立っていました。

「アッ、常念《じょうねん》さん。」

「うん、ぼくだよ。」

それは、おしょうさまの弟子《でし》の、常念という若《わか》い坊《ぼう》さんでした。寝床《ねどこ》からとびだしてきたとみえて、白いもめんの寝巻《ねま》きに、ほそおびをしめているのです。

「あれはだれかが、いたずらしているんだよ。黒い服《ふく》を着ているので、首ばかりのように見えるんだ。こわくはないよ。ふたりで、とっつかまえてやろうじゃないか。」

若い坊さんは、ひどくいせいがいいのです。そういわれると、じいやも元気が出てきました。

「うん、わしも、むかしは、柔道《じゅうどう》できたえたからだ。あんなばけものに負《ま》けるもんか。」

「よしッ、やっつけよう。じいやさんは、あっち側《がわ》から、ぼくはこっち側から、あいつを、はさみうちにするんだ。」

「うん、わかった。さあ、いくぞッ。」

そこで、ふたりは、銀色《ぎんいろ》の首ののっている墓石《はかいし》の両側《りょうがわ》から、とびかかっていきました。

「ケラ、ケラ、ケラ、ケラ……」

怪物《かいぶつ》は、まだ笑《わら》っていました。まさか、つかまえにくるとは思わないので、つい、ゆだんをしていたのです。

そこへ、両側《りょうがわ》から、ふたりが、ぶっつかってきたので、どうすることもできません。たちまち恐《おそ》ろしいとっ組みあいがはじまりました。

怪物には、からだがあったのです。ぴったり身《み》についた黒シャツを着《き》て、黒い手袋《てぶくろ》、黒い靴下《くつした》をはいていました。いくら怪物でも、ふたりの力にはかないません。一度《ど》は、地面《じめん》におさえつけられてしまったように見えました。

三つのからだが、とっ組みあったまま、墓石《はかいし》のあいだをころげまわりました。

そうしているうちに、べりべりと音がして、怪物の黒シャツの胸《むね》のところが、やぶれました。

そして、その下からあらわれてきたのは、おお、銀色《ぎんいろ》のからだ、怪物はからだまで銀色にひかっていたのです。

こちらのふたりは、それに気づくと、おもわずギョッとして、手をゆるめました。

そのすきに、怪物は、ふたりをつきはなして、パッと立ちあがり、いきなり、むこうへかけだしていきます。

そして、このあいだの晩《ばん》、少年探偵団員《しょうねんたんていだんいん》たちが見たのと、同じことがおこりました。墓場《はかば》のおくに林があって、その中に一本の大きなスギの木が、そびえていました。十メートルもある大きな木です。そのスギの木の下に、黒シャツをぬいだ全身銀色《ぜんしんぎんいろ》の人間が、こちらをむいて、つっ立っているではありませんか。でっかいまっ赤な目《か》、火を吹《ふ》きだしそうな、大きな赤い口、その口が、あいたりふさいだりして、ケラ、ケラ、ケラ……と、笑《わら》っているのです。

全身銀色にかがやく、恐《おそ》ろしいすがたを見ては、こちらのふたりも、きゅうに近よる勇《ゆう》気《き》がありません。

いったい、この銀色のやつは、何者《なにもの》でしょう。人間か、動物《どうぶつ》か、それとも、遠くの星《ほし》から地球へやってきた、別世界《べっせかい》のいきものか?

まもなく、いっそう、へんてこなことがおこりました。銀色のやつが、空へのぼっていくのです。スギの木の幹《みき》を、よじのぼるのではありません。葉《は》のしげった表面《ひょうめん》を、スーッとのぼっていくのです。

いよいよ人間わざではありません。やっぱり星の世界からきた怪物《かいぶつ》なのでしょうか。

みるまに、銀色のやつは、スギの木のてっぺんまでのぼりました。そして、パッと、すがたを消《け》してしまったのです。

いつまで待っても、怪物《かいぶつ》がすがたをあらわさないので、こちらのふたりは、おしょうさまの部屋《へや》にもどって、このことを知らせ、すぐに一一〇番へ電話をかけました。

すると、五分もたたないうちに、白いパトロールカーがかけつけ、車内にそなえつけてあった小型《こがた》の探照灯《たんしょうとう》*で、墓地《ぼち》やスギの木をてらして、しらべてくれましたが、怪物のすがたは、どこにもありませんでした。

では、怪物は、スギの木をスルスルとのぼって、そのてっぺんから、闇《やみ》の空たかく消《き》えていってしまったのでしょうか。そして、どこかの星の世界《せかい》へ、かえってしまったのでしょうか。

こうして、夜光怪人《やこうかいじん》は、東京《とうきょう》のあちこちへ、三度《ど》もすがたをあらわし、三度めには、警《けい》官《かん》がかけつけるというさわぎになりましたので、新聞がだまっているはずはありません。東京の新聞はもちろん、地方の新聞までが、この奇怪《きかい》な夜光怪人の記事《きじ》を、でかでかとのせました。

血《ち》なまぐさい犯罪《はんざい》の記事になれている読者《どくしゃ》も、このおばけみたいな銀色怪人《ぎんいろかいじん》の出現《しゅつげん》には、すっかりおどろいてしまいました。ことに東京の人は、真夜中《まよなか》に、その恐《おそ》ろしい銀色のやつが、自分のうちのまわりを、うろうろしているのではないかと、みんな、びくびくものでした。

＊夜間、遠くまで照らしだすようにした照明装置《しょうめいそうち》。サーチライト

それは、人工衛星《じんこうえいせい》がうちあげられ、空飛ぶ円盤《えんばん》の話が、またやかましくなっているころでしたから、銀色《ぎんいろ》の怪物《かいぶつ》も、どこかの星からの使《つか》いではないかと、きみの悪《わる》いうわさが、ひろがったほどです。

魔法《まほう》の名刺《めいし》

夜光人間《やこうにんげん》、夜光怪人《やこうかいじん》のうわさは、もう日本じゅうにひろがっていました。東京《とうきょう》や大阪《おおさか》の大新聞はもちろん、どんないなかの新聞までも、この恐《おそ》ろしい怪物のことを、でかでかと書きたてたからです。

顔《かお》も、からだも、青白い銀色にひかる人間、目はふつうの人間の三倍《ばい》もある大きさで、それがまっ赤《か》にかがやき、口の中も赤くもえて、いまにも火を吹《ふ》きだしそうな怪物。その首ばかりが、宙《ちゅう》に浮《う》いたり、ときには銀色の全身《ぜんしん》を見せたりして、東京のほうぼうに、すがたをあらわし、東京じゅうの人を、ふるえあがらせたのです。

この怪物は、つかまえようとすると、高い木の上へ、するするとのぼって、そのまま、空中《くうちゅう》へ消《き》えうせてしまいます。ひょっとしたら、こいつは、遠い星の世界《せかい》からやってきた、えたいの知れぬ生きものではないのでしょうか。

そんなさわぎの最中《さいちゅう》のある晩《ばん》のこと、明智探偵事務所《あけちたんていじむしょ》の応接室《おうせつしつ》で、少女助手《しょうじょじょしゅ》のマユミさんと、小林少年《こばやししょうねん》とが、怪人《かいじん》のことを、いろいろと話しあっていました。明智探偵は、新潟《にいがた》に事件《じけん》があって、旅行中《りょこうちゅう》なので、ふたりがるす番をしているのです。

夜の七時ごろでした。テーブルの上の電話が、けたたましく鳴《な》りだしました。小林君《こばやしくん》が受話器《じゅわき》をとって、耳にあてますと、

「そちらは、明智探偵事務所ですか。明智先生《あけちせんせい》はおいでになりますか。」

という聞きおぼえのない、男の声です。

「先生は旅行中ですが、あなたはどなたですか。」

「世田谷《せたがや》の杉本《すぎもと》というものです。夜光人間《やこうにんげん》が、今晩《こんばん》、わたしのうちへ、やってくるのです。それで、明智先生に、おいでをねがいたいと思いまして。」

「エッ、夜光人間が?」

小林君が、とんきょうな声をたてたので、マユミさんもおどろいて、電話のそばへ近づいてきました。

「そうです。警察《けいさつ》からもきてくれますが、明智先生にも、おいでをねがいたいのです。わたしの友人の花崎検事《はなざきけんじ》から、明智さんのことは、くわしく聞いています。こんなふしぎな事件は、明智さんの力を、かりるほかはないのです。」

「ざんねんですが、先生は、まだ二、三日はお帰りになりません。先生のかわりに、ぼくがおじゃましてもいいでしょうか。」

「あなたはどなたですか。なんだか子どものような声だが。」

杉本《すぎもと》という人は、うたがわしげに聞きかえしました。

「ぼく、明智先生《あけちせんせい》の少年助手《しょうねんじょしゅ》の小林《こばやし》です。」

「ああ、あの有名《ゆうめい》な小林君《こばやしくん》ですか。うん、きみのことも、花崎検事《はなざきけんじ》から聞いていますよ。きみも、なかなかの名探偵《めいたんてい》だといっていました。ええ、きてください。明智先生が帰られるまで、きみに、わたしの宝物《ほうもつ》をまもってもらいましょう。」

「えっ、宝物ですって。」

「わたしのだいじな宝物です。それを夜光怪人《やこうかいじん》がねらっているのですよ。では、すぐにきてくださいね。」

そして、杉本さんは、自分の家へくる道すじをおしえて、電話をきりました。

小林少年《こばやししょうねん》は、そばに立っているマユミさんの顔《かお》を見ました。

「ぼく、いってもいいでしょう。」

「ええ、いいわ。すぐに自動車《じどうしゃ》でおいでなさい。わたし、るす番をしているから。ゆだんなくやってくださいね。」

マユミさんは、小林少年《こばやししょうねん》の肩《かた》に手をかけて、はげますようにいうのでした。

小林君《こばやしくん》が世田谷《せたがや》の杉本《すぎもと》さんのうちについたのは、八時ごろでした。りっぱなお屋敷《やしき》です。コンクリートの塀《へい》に、石の門、唐草《からくさ》もようの鉄《てつ》のとびら、門をはいると、植《う》えこみがあって、そのむこうに、二階建《かいだ》ての西洋館《せいようかん》がそびえていました。

あとでわかったのですが、杉本さんは、いくつもの会社の重役《じゅうやく》をつとめているお金持ちでした。それでいて、まだ四十歳《さい》ぐらいの若《わか》さなのです。よほど、腕《うで》ききの実業家《じつぎょうか》なのでしょう。

玄関《げんかん》のベルをおしますと、お手つだいさんがドアをひらいて、応接間《おうせつま》へとおしてくれました。

「やあ、よくきてくれましたね。まあ、おかけなさい。」

杉本さんは、したてのよい背広《せびろ》を着《き》ていました。自分もイスにかけると、ポケットから、大きな手帳《てちょう》をだし、その間にはさんであった名刺《めいし》のような紙をとりだして、すぐに、説明《せつめい》をはじめました。

「きょうの昼すぎです。この名刺を持って、ひとりの男がたずねてきた。年ごろは三十ぐらいだろうか、黒い背広を着ていたが、なんともいえない、へんな顔色《かおいろ》をしている。黄色《きいろ》い粉《こな》でもぬったような、きみの悪《わる》い顔色です。そして、部屋《へや》にはいっても、白い革《かわ》のてぶくろをはめたままで、ぬがないのです。

名刺《めいし》には『北森七郎《きたもりしちろう》』と印刷《いんさつ》してあった。むろん、一度《ど》もあったことのない男です。ふつうなら、こんな男を部屋《へや》にとおしたりしないんだが、わたしの友人から電話で、あってやってくれといってきたので、しかたなく、とおしたのです。

その北森という男は、なにか、つまらないことを、ぐずぐずいっているので、はやく用件《ようけん》をはなしてくれというと、『今晩《こんばん》十時です。どうかおわすれないように』と、へんなことをいって、にやりと笑《わら》うとそのまま出ていってしまった。

なにがなんだか、わけがわからないので、わたしは、その北森という男をしょうかいした友人に、電話でたずねてみると、『そんな男にあってくれといったおぼえはない。電話もかけなかった』という答えです。

ますます、へんだから北森の名刺の住所《じゅうしょ》をしらべようとして、その名刺を見ると、ふしぎなことがおこっていた。さっきまで、くろぐろと印刷してあった字が、すっかり消《き》えてしまって、ただの白い紙になっている。

わたしは、さいしょ名刺を見たとき、そのまま右のポケットへいれておいたのだから、まちがうはずはない。時間がたつと、ひとりでに消えてしまう魔法《まほう》インキがあるね。この名刺は、あのインキで印刷してあったのかもしれない。そう思ったので、わたしは、この名刺《めいし》を、いろいろな角度《かくど》にしてしらべてみた。そうして、ながめているうちに、へんなことに気がついた。

この名刺には、紙の色と見わけがつかないほど、かすかに黄色《きいろ》っぽい色で、もやもやと、もようのようなものが、いちめんに浮《う》きだしている。ただ見たのではわからない。こういうふうに、横《よこ》のほうから、すかして見ないとわからない。あるかないかの、じつにかすかな、かすかなもようなのだ。ほらね……」

杉本《すぎもと》さんはそういって、名刺をたいらに持って、小林君《こばやしくん》の目のそばへ近づけて見せるのでした。そういわれてみると、名刺の紙に、なんだかもやもやしたものが、見えるように思われました。

「ところがね、夜になって、暗《くら》いところで、この名刺を見ると、おどろいたね。銀色《ぎんいろ》に、ちかちかひかっているんだ。あの、もやもやしていた黄色っぽいものは、夜光塗料《やこうとりょう》だったんだね。暗いところで見ると、それが銀色の字になって、はっきり読めるんだよ。ほら、この暗いところで、見てごらんなさい。」

杉本さんはそういって、名刺をテーブルの下の暗いところへ、いれてみせるのでした。

小林君は、テーブルの下へ、首をいれるようにして、それを見ましたが、すると名刺の表面《ひょうめん》は、青っぽい銀色の字が、いっぱいならんでいるではありませんか。そして、それは、つぎのような恐《おそ》ろしい文章《ぶんしょう》だったのです。


今夜十時に、きみの宝物《ほうもつ》をちょうだいにあがる。じゅうぶん用心したまえ。しかし、いくら用心しても、きっと、ぬすみだしてみせるよ。

夜光《やこう》の人

「アッ、すると、昼間きたのは、夜光人間《やこうにんげん》だったのでしょうか。」

小林君《こばやしくん》は、そこへ気がつくと、おもわず高い声をたてました。

「だが、昼間の北森《きたもり》という男は、ふつうの人間だった。べつに、顔《かお》がひかってはいなかったが……。」

「昼間、明るいところではひからないのかもしれません。この名刺《めいし》だって、そうですもの。さっき、その男の顔は、黄色《きいろ》っぽかったと、おっしゃったでしょう。この名刺も、昼間は、黄色っぽかったんですよ。」

「あっ、そうか。じゃあ、あいつの顔も暗《くら》いところでひかりだすんだな。きみに、そういわれてみると、やっぱり、あいつが夜光人間だったのかもしれないね。じつに、きみの悪《わる》い顔色《かおいろ》をしていた。」

杉本《すぎもと》さんはそういって、じっと、小林君の顔を見つめるのでした。まるで、小林君が夜《や》光人間《こうにんげん》でであるように、きみ悪《わる》そうな目で、じっと見つめるのでした。

宙《ちゅう》をとぶ首

「で、その宝物《ほうもつ》というのは、どこにおいてあるのですか。」

小林君《こばやしくん》が聞きますと、

「わたしの書斎《しょさい》においてある。べつに金庫《きんこ》にいれてあるわけじゃないから、こういっているうちにも心配《しんぱい》だよ。すぐいってみよう。きみもいっしょにきてください。」

杉本《すぎもと》さんはそういって、そそくさと立ちあがるのでした。

応接間《おうせつま》の一つおいてとなりに、りっぱな書斎がありました。いっぽうの壁《かべ》は、本棚《ほんだな》になっていて、日本の本、西洋《せいよう》の本が、いっぱいならんでいます。杉本さんは、重役《じゅうやく》といっても、毎日《まいにち》会社へ出るわけではありませんから、本を読むひまがあるのでしょう。それにしても、よほど本がすきでなくては、これほど買い集《あつ》めることはできません。

本棚とむかいあった壁には、ガラス戸棚《とだな》がいくつもならんでいて、その中にいろいろな美術品《びじゅつひん》が、かざってあります。

杉本さんは、その一つの戸棚のガラス戸をあけて、高さ十五センチぐらいの、黒っぽい金属《きんぞく》の仏像《ぶつぞう》を、うやうやしくとりだして、部屋《へや》のまん中のテーブルの上におきました。

「これが、わたしの宝物《ほうもつ》だよ。ぞくに推古仏《すいこぶつ》といって、今から千四、五百年前につくられた観音《かんのん》さまだ。銅《どう》でできているんだが、ごらん、このへんに、金がまだのこっている。つくったときには、金がはってあって、ピカピカひかっていたんだ。それが、千何百年のあいだに、はげてしまったんだよ。

これは、こういう小さい推古仏のうちでも、ひじょうにできがいいし、きずがないので、重要美術品《じゅうようびじゅつひん》に指定《してい》されていて、何千万円という値《ね》うちのものだ。夜光人間《やこうにんげん》は、むろん、この推古仏をねらっているんだよ。」

小林君《こばやしくん》は、しばらく、その小さな仏像を、感心《かんしん》したようにながめていましたが、ふと気がついて、腕時計《うでどけい》を見ました。

「アッ、もう九時です。十時までには一時間しかありませんよ。宝物を、こんなところにだしておいても、だいじょうぶなんですか。」

と、心配《しんぱい》そうにたずねました。

「だいじょうぶかどうか、わからないが、できるだけの用心はしてある。ちょっと、ここから、庭《にわ》をのぞいてごらん。」

杉本《すぎもと》さんは立っていって、窓《まど》のカーテンをひらくと、かけがねをはずして、ガラス戸を上におしあげ、小林君《こばやしくん》を手まねきしました。

小林君は、そこへいって、窓《まど》から顔《かお》をだし、まっ暗《くら》な庭《にわ》をながめました。

広い庭です。大きな木が立ちならび、ところどころに蛍光灯《けいこうとう》がひかっています。でも、蛍光灯ぐらいで、庭ぜんたいを照《て》らすことはできませんから、まっ暗なところのほうが、多いのです。

しばらく見ていますと、闇《やみ》の木立《こだ》ちのあいだに、ちらちらと、なにか黒いものが動《うご》いているのに気づきました。よく見ると、人間らしいのです。背広《せびろ》を着《き》た男です。

「警視庁《けいしちょう》の刑事《けいじ》さんだよ。四人きているんだ。そして、庭や、うちの中の廊下《ろうか》などを見はっていてくれるんだ。ことに、この書斎《しょさい》のまわりを、厳重《げんじゅう》に見はってくれるようにたのんであるから、もしあやしいやつが近づけば、けっして、見のがすことはないと思う。」

杉本《すぎもと》さんはそういって、ガラス戸をしめ、しっかりと、かけがねをはめました。

「この窓のガラスは、鉄網《てつあみ》のはいった厚《あつ》いガラスだから、これをやぶって、はいることはむずかしい。窓は四つあるが、みんな、ちゃんと、かけがねをかけてある。入り口のドアにも、さっき、中からかぎをかけておいた。だから、この部屋《へや》は、まるで金庫《きんこ》のようなものだよ。そのうえ、きみとわたしで、この仏像《ぶつぞう》を見はっていようというわけだ。これだけ用心すれば、いくら相手《あいて》が怪物《かいぶつ》でも、まず、だいじょうぶじゃないか。」

杉本《すぎもと》さんはそういって、にが笑《わら》いをするのでした。

それから、ふたりは、仏像《ぶつぞう》をおいたテーブルの両側《りょうがわ》にこしかけて、じっと仏像を見つめていました。すこしでも目をはなせば、仏像がスウッと消《き》えてしまいそうな気がして、いっときも、ゆだんができないのです。

やがて九時半でした。それから九時四十分、九時五十分、五十五分、五十六分……じりじりと、予告《よこく》の時間がせまってきます。

杉本さんも小林君《こばやしくん》も、顔《かお》は青ざめ、目ばかりギラギラとかがやき、ハッ、ハッと、はく息《いき》が、せわしくなってきました。小林君の正確《せいかく》な腕時計《うでどけい》が、九時五十九分をしめしました。あと一分です。小林君のひたいに、汗《あせ》のたまが浮《う》かんできました。

五秒《びょう》、十秒、時計の秒をきざむ音が、恐《おそ》ろしく耳をうちます。

そのとき、窓《まど》の外で、カタンと、かすかな音がしました。小林君は、おもわずそのほうを見ましたが、すると、小林君の顔から、サアッと血《ち》のけがひいて、目がとびだすほど、ひらかれました。そして、くぎづけになったように、窓を見つめたまま動《うご》きません。

杉本さんも同じです。まるで、おばけにでもあったような恐ろしい顔で、窓を見つめています。

その窓には、なにがあったのでしょう?

カーテンがひらいたままになっている、その窓《まど》ガラスの外に、ボウッと、白いものがただよっていました。

青白くかがやく、銀色《ぎんいろ》のまるいものです。それが、グウッと、窓ガラスにくっついてきました。ああ、人間の顔《かお》です。

巨大《きょだい》な二つの目が、こちらをにらんでいます。まっ赤《か》な血《ち》のような色の、でっかい目です。それから口！　パクッとひらいた大きな口の中に、火がもえているようです。いまにも、火炎《かえん》を吹《ふ》きだし、その熱《ねつ》で、窓ガラスをとかしてしまうのではないかと思われるばかりです。

小林君《こばやしくん》は、おもわずこぶしをにぎって立ちあがりました。刑事《けいじ》たちは、どうしているのでしょう。なにか大きな声をたててよばなければなりません。小林君は、いきおいこめて、窓のほうへつきすすんでいきました。

窓から一メートルほどに近づくと、夜光の首は、パッと消《き》えてしまいました。小林君は、窓にとびかかって、それをひらこうとしました。

「アッ、こっちだッ！」

杉本《すぎもと》さんの、ギョッとするような叫《さけ》び声《ごえ》が聞こえました。

ふりむくと、杉本さんは、反対側《はんたいがわ》の窓を指《ゆび》さしています。そのカーテンのすきまから、窓《まど》ガラスが、二十センチ幅《はば》ほど見えているのですが、その外に、夜光《やこう》の首が、ふわふわと、ただよっているではありませんか。

小林君《こばやしくん》は無我夢中《むがむちゅう》で、また、そのほうへつきすすみました。

ところが、そばまでいくと、夜光の首は、またしても、パッと消《き》えてしまったのです。

こうして、銀色赤目《ぎんいろあかめ》の怪物《かいぶつ》は、四つの窓の外に、つぎつぎと、あらわれては消え、あらわれては消え、目にもとまらぬはやわざを、くりかえしました。夜光の首が、四つあるのではないかと、うたがわれるほどでした。

杉本《すぎもと》さんも、小林君も、そのたびに、書斎《しょさい》の中を、うろうろするばかりです。ところが、そうして、あっちへいったり、こっちへいったりしているうちに、なにに気づいたのか、杉本さんが、恐《おそ》ろしい叫《さけ》び声《ごえ》をたてました。

「アッ！　ないッ！　仏像《ぶつぞう》がなくなった。小林君、仏像をぬすまれてしまったッ！」

おどろいて、テーブルの上を見ますと、アッ！　ありません。仏像は、かき消《け》すようになくなってしまっていたのです。

杉本さんは、ドアのところへとんでいって、とってをまわしてみました。かぎはちゃんとかかっています。四つの窓をしらべました。みんな、かけがねがかかっています。

書斎は金庫《きんこ》のように、厳重《げんじゅう》にしまりができていたのです。それなのに、あの仏像が消えうせてしまいました。夜光怪人《やこうかいじん》は、いったい、どんな魔法《まほう》をこころえていたのでしょう。

杉本《すぎもと》さんと小林少年《こばやししょうねん》は、テーブルやイスの下はもちろん、部屋《へや》のすみずみを、くまなくさがしまわりました。しかし、仏像はどこにもないのです。

ふたりは、ゾーッと恐《おそ》ろしくなってきました。夜光人間《やこうにんげん》はばけものです。窓《まど》の外からのぞいたと見せかけて、じつは、部屋の中へ、はいっていたのではないでしょうか。戸のすきまから、幽霊《ゆうれい》のように、スウッとはいりこんで、仏像をぬすみさったのではないでしょうか。

そのとき、窓の外の庭《にわ》が、にわかにさわがしくなりました。のぞいてみますと、ふたりの刑事《けいじ》が、宙《ちゅう》に浮《う》く首を追《お》っかけているのです。

夜光の首は、口から火炎《かえん》を吹《ふ》きながら、立ち木のあいだをぬって、スウッと、空中をとんでいきます。

ふたりの刑事は、なにか口々にどなりながら、恐ろしいいきおいで、それを追っかけていくのです。

天にのぼる怪人《かいじん》

相手《あいて》は魔法使《まほうつか》いのような怪物《かいぶつ》ですから、窓《まど》の戸のほそいすきまから、幽霊《ゆうれい》のように、部屋《へや》の中へはいってきたのかもしれません。そして、透明人間《とうめいにんげん》みたいにすがたを消《け》したまま、仏像《ぶつぞう》をぬすんで、また、煙《けむり》のように、部屋を出ていったのかもしれません。

しかし、仏像《ぶつぞう》は小さいといっても、高さ十五センチ、はば六センチほどあるのですから、これが、窓の戸のすきまなどから、出られるはずがありません。怪物は、銅《どう》でできた仏像まで、煙のようなものにかえて、ほそいすきまをとおす術《じゅつ》を、こころえていたのでしょうか。

そのとき、夜光人間《やこうにんげん》の首ばかりが、庭《にわ》の木のしげみの中へ、ふわふわと逃《に》げていくのを見つけて、ふたりの刑事《けいじ》がそのあとを追《お》っかけました。

追っかけながら、ピリピリピリピリ……と、＊呼《よ》び子《こ》の笛《ふえ》を吹《ふ》きならしましたので、うちの中にいた、ふたりの刑事も、庭へとびだしてきました。杉本《すぎもと》さんと小林少年《こばやししょうねん》も、そのあとから、とびだしました。

むこうのまっ暗《くら》な木立《こだち》の中を、青くひかるひとだまのようなものが、宙《ちゅう》をとんでいま

＊人を呼ぶあいずの笛

す。みんなはそのほうへかけつけて、ふたりの刑事《けいじ》といっしょになって、怪物《かいぶつ》の追跡《ついせき》をはじめました。

敵《てき》はひとり、味方《みかた》は六人です。しかし、相手《あいて》はえたいの知れない怪物です。はたして、うまくとらえられるでしょうか。

青くひかる首は、立ちならぶ大きな木のあいだを、ぬうようにして、あちこちと、逃《に》げまどっていました。

六人の追《お》っ手《て》は、あるときは、ひとかたまりになって、それを追っかけたり、あるときは、ふた手にわかれて、はさみうちにしようとしたり、みんな、くたくたになるまで走りまわりましたが、どうしてもつかまりません。

そのうちに、ひとだまのような怪物の首は、杉本《すぎもと》さんの庭《にわ》の中で、いちばん高いヒノキのそばへ、スウッととんでいったかとおもうと、そのまま、しげったヒノキの葉《は》の表面《ひょうめん》をつたって、ぐんぐん、上のほうへのぼっていくのでした。

六人の追っ手は、もう、どうすることもできません。ヒノキの根もとに立って、あれよ、あれよと、見あげているばかりです。

するとそのとき、頭《あたま》の上から、ケラケラケラケラケラ……という、おばけの笑《わら》い声《ごえ》がひびいてきました。首だけの怪物が笑っているのです。

青白くリンのようにひかる顔《かお》、巨大《きょだい》なまっ赤《か》な目、赤い炎《ほのお》をはく口、そいつが、五メートルほど上から、こちらを見おろして、ぶきみにあざ笑《わら》っているのです。

それから、恐《おそ》ろしいことがおこりました。怪物《かいぶつ》の首が、ぐらっと、下のほうへ、のびてくるように見えるのです。青白くひかるものが、みるみる、下のほうへひろがってくるのです。

首の下に、怪物の胸《むね》があらわれ、腹《はら》があらわれ、腰《こし》があらわれ、二本の足があらわれ、ひとりの人間のすがたになりました。全身《ぜんしん》が、青白くひかりかがやいています。それが、地面《じめん》から五メートルほどの、ヒノキの葉《は》の表面《ひょうめん》に、ふわっと浮《う》いているのです。

青い銀色《ぎんいろ》にひかるまっぱだかの人間が、空中ではりつけになっているような感《かん》じでした。それが赤い目で、赤くもえる口をぱくぱくやって、こちらを見おろして、ケラケラ笑っているのですから、じつに、なんともいえない恐《おそ》ろしさです。

やがて、青銀色《あおぎんいろ》の怪物が、手足をもがもがやりはじめ、からだが、くるっとうしろむきになったり、また、前むきになったり、ふしぎな動《うご》きかたをしたかとおもうと、怪物は、ヒノキの葉の表面をつたって、また上のほうへ浮きあがっていくのでした。

そして、ヒノキの頂上《ちょうじょう》までのぼって、しばらくからだを、ふらふらさせながら、ケラケラと笑っていましたが、ふしぎなことに、怪物のからだが、だんだん消《き》えていって、あのまっ赤《か》な目の首だけがのこり、つぎには、その首さえも、パッと消《き》えうせてしまいました。

夜光人間《やこうにんげん》は、ヒノキのてっぺんから、闇《やみ》の空へまいあがったように見えました。いつかの墓場《はかば》のときと同じです。怪物《かいぶつ》は、天にのぼってしまったのです。

チンピラ隊《たい》の活躍《かつやく》

杉本《すぎもと》さんと四人の刑事《けいじ》は、しばらく、まっ暗《くら》な庭《にわ》に立ちつくしていましたが、怪物が消えてしまっては、どうすることもできませんので、やがて、みんな、うちの中へひきあげました。このことを警視庁《けいしちょう》に知らせて、どういう手だてをとればいいかを相談《そうだん》するためです。それにしても、小林少年《こばやししょうねん》は、いったいどうしたのでしょう。うちのほうへひきあげたのは、おとな五人だけで、小林君《こばやしくん》のすがたは見えませんでした。

小林君は、いつのまにか、そっとおとなたちのそばをはなれて、門のほうへ、さまよい出ていったのです。それは夜光人間が、ヒノキのてっぺんから消えうせるよりも、ずっと前でした。

小林君は門の外に出て、キョロキョロあたりを見まわしました。いったい、なにをさがしているのでしょう。

するとく、道のむこうの暗闇《くらやみ》の中から、小さなもののすがたがあらわれ、チョコチョコと、こちらへかけよってきました。それが、門灯《もんとう》のぼんやりした光の中へ近づいたのを見ると、小林君《こばやしくん》よりもずっと小さい少年でした。

なんて、きたない少年でしょう。顔《かお》はまっ黒によごれ、服《ふく》はぼろぼろになってよごれています。しかし、そのきたない顔の中に、目だけが、かしこそうに、キラキラとひかっていました。

少年は、小林君のそばにかけよると、その耳に口をあてて、なにかぼそぼそと、ささやきました。

ふしぎなことに、小林君は、いっこうにおどろくようすもありません。まじめな顔で、少年のないしょ話を聞いています。

「ね、だから、きっと、あいつが、すべってくるんだよ。これが魔法《まほう》の種《たね》だよ。」

きたない少年が、耳から口をはなして、とくいらしくいうのでした。

「うん、そうか。えらい。さすがはポケット小僧《こぞう》だな。よく見つけた。で、みんなそこにいるんだね。」

小林君のことばで、少年の素姓《すじょう》がわかりました。このチビスケは、チンピラ別働隊《べつどうたい》のポケット小僧《こぞう》だったのです。からだはポケットにはいるくらい小さいけれども、かしこくて、すばしっこいチンピラ名探偵《めいたんてい》です。

「うん、あすこに、五人待ってるよ。みんな、のっぽで、力の強いやつらばかりだよ。」

「よし、いってみよう。それはどこだい?」

「屋敷《やしき》の裏《うら》のほうだよ。さあ、はやくおいで。」

そして、ふたりは、手をひきあうようにして、闇《やみ》の中へかけだしていきました。

屋敷の塀《へい》を、ぐるッとまわって、裏手《うらて》に出ると、そこに広い原っぱがありました。

ポケット小僧は、闇をすかして、原っぱの中を見ていましたが、

「アッ、あそこだ。あそこにかたまって寝《ね》そべっている。」

とつぶやいて、小林君《こばやしくん》といっしょに、そのほうへ近づいていきました。

よく見ると、しげった草の中にチンピラ隊《たい》の少年たちが五人、みんな腹《はら》ばいになって、身《み》をひそめていました。

しかし、どうして、こんなところへ、チンピラ隊がきているのでしょう。それは、小林君が、自動車《じどうしゃ》で杉本《すぎもと》さんの屋敷へくるとき、よりみちをして、チンピラ隊のひとりに連絡《れんらく》しておいたからです。杉本さんの屋敷をおしえて、今夜十時前から、その塀のまわりを、見はるようにいいつけたのです。

チンピラ隊《たい》の少年たちは、みんなすばしっこくて、勇気《ゆうき》がありますから、いざというときには、おとなもおよばぬ働《はたら》きをします。小林少年《こばやししょうねん》は、それを知っているので、まんいち、夜光怪人《やこうかいじん》が塀《へい》をのりこして逃《に》げるようなばあいにそなえて、数人のチンピラ隊を、塀の外に待ちぶせさせておいたのです。

この小林君《こばやしくん》の計略《けいりゃく》は、まんまと図にあたって、チンピラたちは、闇《やみ》の原っぱの中で、じつにたいへんなものを発見《はっけん》したのでした。

「ほら、あれだよ。塀の中の木のてっぺんから、ズウッとつづいているだろう。」

ポケット小僧《こぞう》が、まっ暗《くら》な空を指《ゆび》さして、ささやきました。

そこには、じょうぶな＊細《ほそ》引《び》きが二本、ななめに空を横《よこ》ぎっていました。屋敷《やしき》の中のいちばん高い木のてっぺんから、原っぱのまん中の、チンピラたちが寝《ね》そべっている草の中まで、つづいています。

小林君が、その草の中をしらべてみますと、ふとい棒《ぼう》が、土の中につきさしてあって、その棒に細引きのはしを、むすんであることがわかりました。

「ね、夜光人間《やこうにんげん》は、あの木のてっぺんから、この細引きをつたって、すべりおりてくるにきまっているよ。空へ消《き》えてしまうなんて、うそっぱちだよ。いつかのお寺《てら》の墓場《はかば》の木の上から消えたのも、きっと、このやりかただったんだよ。」

＊麻で作ったじょうぶで細い縄《なわ》

ポケット小僧《こぞう》がささやきました。小僧は墓場《はかば》のできごとを見たわけではありませんが、聞きつたえて知っていたのです。

「うん、そうかもしれないね。きみたちは、よくこれを見つけたね。感心《かんしん》だよ。あいつは、いま、この塀《へい》の中で、刑事《けいじ》さんたちに追《お》っかけられている。きっと、あの木のてっぺんへのぼるにちがいない。そして、この細引《ほそび》きをつたって、すべりおりるつもりだろう。ポケット君《くん》、この細引きが、なぜ二本あるか、きみにわかるかい？」

小林少年《こばやししょうねん》が、やっぱりささやき声でいいますと、ポケット小僧は、すぐに、

「そりゃ、わかってるさ。一本の長い細引きを輪《わ》にして、あの木のてっぺんの枝《えだ》にかけてあるんだよ。そしてね、あいつが、ここまですべってきたら、この棒《ぼう》にくくりつけてあるのをほどいて、一方の細引きをひっぱれば、ぜんぶ、ここへたぐりよせられるじゃないか。そうすれば、あとに、なんの証拠《しょうこ》ものこらないんだからね。うまく考えやがったね。ふふん。」

と、なまいきな口をきくのでした。

そこで、小林君《こばやしくん》も、ポケット小僧も、草の中に身《み》をふせて、夜光人間《やこうにんげん》が、すべってくるのを待ちかまえました。

「あいつが、すべってきたら、みんなでとびかかって、つかまえちまうんだよ。わかった

ね。こっちは子どもでも、七人もいるんだからね。いくらあいつが強くっても、だいじょうぶだよ。

だが、注意《ちゅうい》しなきゃいけない。もし、あいつが、ピストルを持っていたら、あぶないからね。あいつは、細引《ほそび》きをほどくために、両手《りょうて》をつかうだろうから、そのときに、とびかかるんだ。ポケットから、ピストルや短刀《たんとう》なんかとりださないうちに、両手をつかんでしまうんだ。わかったね。」

小林君《こばやしくん》がささやきますと、寝《ね》そべっているチンピラたちは、口々に、「うん、わかった」と、たのもしげに答えるのでした。

怪人《かいじん》のおくの手

それから、どれほどたったでしょう。ほんとうは、五分ぐらいだったかもしれません。しかし、少年たちは、まるで一時間もたったような気がしました。

そのとき、やっと手ごたえがあったのです。少年たちは、細引きが、ぴんとはりつめて、草をはねのける音を聞きました。

もう、声をたてることはできません。みんな、おたがいの手にさわって、しっかりしろと、はげましあいました。そして、草の中に寝《ね》そべったまま、細引《ほそび》きの上のほうを、じっと見つめるのでした。

はりつめた細引きが、びんびんと音をたててゆれました。アッ、すべってきます。まっ黒なやつが、二本の細引きをつたって、サーカスの曲芸師《きょくげいし》のようにすべってきます。

少年たちは、草の中にからだをおこして、いつでも、とびかかれる用意をしました。どしんと、地ひびきをたてて、黒いやつが、しりもちをつきました。しかし、すぐに、サッととびおきて、細引きを、ほどこうとしています。

怪物《かいぶつ》は、ぴったりと身《み》についた黒いズボンをはき、黒いたびをはき、顔《かお》も黒いきれでつつみ、肩《かた》には、黒いみじかいマントのようなものを、はおっていました。巨大《きょだい》なコウモリのようなかっこうです。

その怪物が、地面《じめん》につきさした棒《ぼう》のところにしゃがんで、細引きを、ときにかかりました。その手もまっ黒です。黒いてぶくろをはめているのでしょう。

怪物のからだは、一センチもあまさず、黒いきれでかくされています。青銀色《あおぎんいろ》にひかるからだを見せないために、どこからどこまでも、おおいかくしているのです。

さっき、ヒノキのてっぺんで、夜光人間《やこうにんげん》が、だんだん消《き》えていったのは、黒いズボンをはき、黒いシャツを着《き》、黒いマントをはおって、つぎつぎと、ひかるからだをかくしていったからです。

そのとき、小林君《こばやしくん》は、そばにうずくまっていたチンピラたちのからだをたたいて、あいずをすると、パッととびおきて、怪物《かいぶつ》にしがみつきました。

チンピラたちも、おくれてはいません。小林君といっしょに、怪物の両方《りょうほう》の手にとびかかっていきました。

「ワアッ！」

このふいうちに、怪物はびっくりして、おもわず叫《さけ》び声《ごえ》をたてたのです。

それから暗闇《くらやみ》の草の中で、恐《おそ》ろしい組みうちがはじまりました。怪物の右の手に四人、左の手に三人の少年が、ぶらさがっていましたが、組んずほぐれつするうちに、いくども手をふりほどかれました。

しかし、いくらふりほどいても、つぎの瞬間《しゅんかん》には、少年たちがとりついていました。

さすがの怪物も、だんだん弱ってきたようです。もうふりほどこうともしません。

そのとき、小林少年《こばやししょうねん》は、七つ道具《どうぐ》のひとつの、呼《よ》び子《こ》の笛《ふえ》をとりだして、ピリピリピリピリ……と吹《ふ》きならしました。屋敷《やしき》の中の刑事《けいじ》たちに、応援《おうえん》をたのむためです。

「さあ、みんな、もうけっして、手をはなすんじゃないよ。こいつを、このまま門のほうへ、ひっぱっていくんだ。そして、刑事さんたちに、引きわたすんだ。」

「うん、だいじょうぶだ。もうはなすもんか。」

チンピラたちは、口々にそう答えながら、いっしょうけんめいに、怪物《かいぶつ》の両手《りょうて》にしがみつくのでした。

しがみついたまま、少年たちは、屋敷《やしき》の門のほうへ歩きだしました。子どもといっても、七人の力ですからかないません。まっ黒な怪人《かいじん》は、両手を引っぱられるまま、しかたなく、少年たちについてきます。

しかし、怪人はぬすみだした推古仏《すいこぶつ》を、いったいどこに、かくしているのでしょう。両手に持っていないことはいうまでもありません。もしそのとき、小林君《こばやしくん》が怪人のからだをさがしたら、シャツのポケットかなんかに、あの仏像《ぶつぞう》をいれているのを、取りもどすことができたのかもしれません。高さ十五センチの小さい仏像ですから、どこへでもかくせるのです。

ところが、小林君は残念《ざんねん》なことに、怪人を刑事《けいじ》たちに引きわたすことで、心がいっぱいになっていて、そこまで考えるゆとりがないのでした。

七人の少年たちは、怪物の両手にしがみついて、ぐんぐん、ひっぱっていきました。原っぱを出て、屋敷の横丁《よこちょう》へまがりました。

そのときです。じつに、おどろくべきことがおこったのです。夜光人間《やこうにんげん》は、最後《さいご》のおくの手をだして、奇々怪々《ききかいかい》の魔術《まじゅつ》をつかったのです。

「ギャッ！」

という恐《おそ》ろしい叫《さけ》び声《ごえ》がひびきわたり、七人の少年たちは、かさなりあって、地面《じめん》にたおれていました。

いったい、どうしたのでしょう。怪物《かいぶつ》に七人の少年をつきとばすような力が、のこっていたのでしょうか。

いや、そうではありません。少年たちは、怪物の手にしがみついたまま、一度《ど》もはなさなかったのです。いまも、そのまま、しがみついているのです。

それなのに、どうしてたおれたのでしょうか。怪物がさきにたおれて、そのいきおいで、みんなをたおしたのでしょうか。

いや、そうでもありません。怪物はもう、そこにはいなかったのです。闇《やみ》にまぎれて、うしろのほうへ、原っぱのほうへ、逃《に》げさってしまったのです。

それとわかれば、すぐに、とびかかっていったのでしょうが、少年たちは、すこしも気がつきませんでした。

なぜといって、少年たちは、怪人《かいじん》の右手に四人、左手に三人、いまでもまだ、しがみついていたからです。

これはいったい、どうしたというのでしょう。怪人の両手《りょうて》が、すっぽりと、ぬけてしまったのです。そのいきおいで、少年たちは、おりかさなって、たおれてしまったのです。

両手《りょうて》をきりはなして逃《に》げていくなんて、いくらばけものでも、へんではありませんか。

小林君《こばやしくん》は、やっと、そこへ気がついて、にぎっている怪人《かいじん》の手をしらべてみました。

その手には、黒いシャツが、ぴったりくっつき、その上に黒いてぶくろをはめていました。いそいでてぶくろをはずしてみると、中から、ビニールでこしらえた人形《にんぎょう》の手が出てきたではありませんか。

ああ、なんということでしょう。暗闇《くらやみ》の原っぱで、組みあっているあいだに、悪《わる》がしこい怪物《かいぶつ》は、こういうときの用意《ようい》に、マントの中につりさげていた人形の腕《うで》を、少年たちににぎらせてしまったのです。そして、さも自分の手のように、ここまでひっぱってこられたとき、ふいに人形の手をはなして、少年たちをころばせたのです。

少年たちは、やっと、そこへ気がつきましたが、怪人はとっくに、闇のかなたに消《き》えうせていました。いまさら追《お》っかけても、とても見つけだせるものではありません。

深《しん》夜《や》の客《きゃく》

明智探偵《あけちたんてい》の少女助手《しょうじょじょしゅ》マユミさんは、探偵事務所《たんていじむしょ》に、ひとりぼっちでるす番をしていました。

明智先生《あけちせんせい》は旅行中《りょこうちゅう》ですし、少年助手《しょうねんじょしゅ》の小林君《こばやしくん》は、世田谷《せたがや》の杉本《すぎもと》さんのうちへ出かけて、るすなのです。

小林君が出かけたのは、晩《ばん》の七時半ごろでしたが、いまはもう十一時すぎです。ひょっとしたら、今夜は杉本さんのうちに、とまるかもしれません。

マユミさんは、心配《しんぱい》でねむる気にもなれません。いまにも小林君が帰ってくるかと、心待ちにしながら、応接室《おうせつしつ》の長イスにこしかけて本を読んでいました。

そのとき、入り口のドアに、コツコツと、ノックの音がしました。

「どなた？」

といっても、なにも返事《へんじ》をしません。探偵事務所《たんていじむしょ》へは、夜ふけでも、急《きゅう》な事件《じけん》をたのみにくる人がありますから、これも、そういうお客《きゃく》さまかもしれません。

マユミさんは立っていって、ポケットのかぎで、ドアをひらきました。ひとりぼっちなので、用心のために、かぎをかけておいたのです。

ドアをひらくと、そこに、みょうな男が立っていました。まっ黒な背広《せびろ》を着《き》て、まっ黒な鳥打《とりう》ち帽《ぼう》をかぶり、へんに青白い顔《かお》をした、ぶきみな男です。

「どなたですか。」

マユミさんが、うたがわしそうにたずねますと、その男は、

「こちらの助手《じょしゅ》の小林君《こばやしくん》から、たのまれたのです。至急《しきゅう》、お知らせしたいことがあるのです。」

といって、はいれともいわないのに、つかつかと、部屋《へや》の中へはいってきました。

マユミさんは、しかたがないので、男にイスにかけるようにすすめ、自分も、もとの長イスにこしかけました。

「小林さんは、いま、どこにいるのでしょうか。」

「世田谷《せたがや》の杉本《すぎもと》という金持ちのうちの庭《にわ》にいますよ。」

男が、なんだか、あざ笑《わら》っているような声で答《こた》えました。

それにしても、この男は、なんというへんな顔《かお》をしているのでしょう。生きた人間の顔とは思われません。お面《めん》のようです。しかしお面ならば、目も口も動《うご》かないはずですが、この男の顔は、ものをいうたびに動くのです。まばたきもしています。それでいてお面の感《かん》じなのです。どうしても人間の顔ではないのです。それに、この男は、イスにかけても、黒い鳥打《とりう》ち帽《ぼう》をとろうともしません。なんて無作法《ぶさほう》なやつでしょう。

マユミさんは、なんだか、ゾウッとこわくなってきましたが、弱みを見せてはいけないと、しっかりした口調《くちょう》で聞きかえしました。

「小林《こばやし》さんが、杉本《すぎもと》さんのお庭《にわ》にいるとおっしゃるのですか。どうして、庭なんかにいるのでしょう?」

するとは男は、にやにやと、ぶきみに笑《わら》いました。

「夜光人間《やこうにんげん》に逃《に》げられてしまったのですよ。それでも、小林君《こばやしくん》は、なかなか、かしこい少年です。夜光人間が杉本さんの宝物《ほうもつ》をぬすんでから、どうして逃げるかということを、ちゃんと見ぬいていたのですよ。そして、チンピラ隊《たい》を引きつれて、杉本さんの塀《へい》の外の原っぱに、待ちぶせしていました。

七人の子どもが、待ちぶせしていたのです。夜光人間は、その七人に、両腕《りょううで》にぶらさがられて、身動《みうご》きもできなくなってしまいました。」

「まあ、やっぱり、小林さんは、えらいわねえ。ちゃんと、チンピラ隊をつれていったのね。」

「そうですよ。あのチンピラ隊の子どもたちは、へいきで、おとなにむかってくるし、ネコのように、まっ暗《くら》なところでも、目が見えるのです。それに力もなかなか強いのです。」

「で、夜光人間は、あの子どもたちにつかまったのに、どうして、逃げることができたのですか。」

「ウフフフフフ……、おくの手があったのですよ。夜光人間には、いつも、おくの手があるのですよ。どんなおくの手だったと思いますね。ウフフフ……、夜光人間《やこうにんげん》は四本の手を持っていたのですよ。」

「エッ、四本の手って?」

「二本は、ほんとうの、ほら、この手です。」

男は自分の両手《りょうて》を、ぬっと、前に出してみせました。ふしぎなことに、この男は、部屋《へや》の中でもてぶくろをはめていました。灰色《はいいろ》の長いてぶくろで、手首のおくのほうまでかくれています。

帽子《ぼうし》もとらないし、てぶくろもはめたままで、顔《かお》には、なにかやわらかいお面《めん》をかぶっているとしか思えません。この男は、頭《あたま》も、顔も、手も、すっかりかくしてしまっているのです。なぜでしょうか。これにはなにか、深《ふか》いわけがあるのでしょうか。

男はやっぱり、にやにや笑《わら》いながら話しつづけます。なぜか、男のことばが、やにわにぞんざいになってきました。

「あとの二本はにせものだよ。夜光人間は、用心ぶかいのだ。いつ、つかまってもいいように、ちゃんと、にせものの腕《うで》を、マントの下にぶらさげて用意《ようい》しているのだ。今夜も、チンピラ隊《たい》のやつらに、そのにせの腕をつかませたのさ。

にせの腕といっても、あついビニールでつつんであるので、人間の腕と同じように弾力《だんりょく》がある。それに、洋服《ようふく》の腕《うで》のところだけをかぶせ、てぶくろがはめてあるから、まっ暗《くら》な中では、とても、気がつくものじゃない。ウフフフ……。

右の手に四人、左の手に三人、チンピラどもが、とりついてはなれない。夜光人間《やこうにんげん》は負《ま》けたように見せかけて、チンピラどもに、ひっぱられていったが、おもいきりひっぱらせておいて、にせの手を、パッとはなしたのだ。

チンピラどもは、将棋《しょうぎ》だおしさ。いきおいあまって、かさなりあって、たおれてしまった。

それでも、まだ気づかないで、二本のにせの腕にしっかりだきついたまま、たおれている。そのすきに、夜光人間は、闇《やみ》にまぎれて逃《に》げだしてしまったのさ。ハハハハハ……、どうだね、夜光人間のこの腕まえは。すばらしいとは思わないかね。え、マユミさん。」

そのとき、男が大声で笑《わら》った顔《かお》の恐《おそ》ろしさ。お面《めん》のような顔に、キューッと大きなしわがよって、グニャグニャと、異様《いよう》に動《うご》くきみ悪《わる》さといったらありません。

マユミさんは、まっ青《さお》になって、おもわず長イスから立ちあがりました。

「あんたは、だれなの？　いったい、だれなの？」

と叫《さけ》ぶように、たずねるのでした。

ビニール仮面《かめん》

「わしかね。わしがだれだか知りたいというのかね。」

男は、ぐっと声をひくくして、ヌウッとお面《めん》のような顔《かお》を前につきだしました。

マユミさんは、おびえきって、いまにも逃《に》げだしそうになるのを、やっと、ふみこたえています。もう返事《へんじ》をする力もありません。

「ウフフフ……、わしの顔を、よく見なさい。これは、わしのほんとうの顔じゃない。面をかぶっているのだ。だが、きみは、こんなやわらかい面を、まだ見たことがないだろうね。
二、三年前に、こういうやわらかい面が、フランスから輸入《ゆにゅう》されて、日本でも売りだされたことがある。それは、道化師《どうけし》のようなおどけた顔ばかりだったが、わしは、あれにならって、あれよりも、もっと上等《じょうとう》の面をつくらせたのだ。
この面は、ビニールでできているんだよ。だから、顔にぴたりと吸《す》いついて、顔の肉が動《うご》けば、そのとおりに、この面も動く。

口と目のところは、くりぬいてあって、ものをいえば口が動くし、目の穴《あな》の中で、まば

たきすれば、面《めん》がまばたきしているように見えるのだ。

ところで、マユミさん、わしがなぜ、こんな面をかぶっているか、わかるかね。いうまでもなく、顔《かお》をかくすためだよ。マユミさん、この面の下に、どんな顔が、かくされていると思うかね？」

男は、かんでふくめるように、ゆるゆると説明《せつめい》しました。マユミさんは、お面にかくされている顔のことを思うと、からだがしびれたようになって、身動《みうご》きすることもできません。

「ウフフフ……、よく見なさい。こうしてはがせば、面はとれてしまうのだよ。」

男は、すっくと立ちあがって、黒い鳥打《とりう》ち帽《ぼう》をとりますと、ふさふさとした、黄色《きいろ》っぽい髪《かみ》の毛《け》があらわれました。それから、両手《りょうて》の指《ゆび》をひたいの上にかけて、やわらかいお面を、くるくるっと、はぎとってしまったのです。

するとその下から、なんともいえない、いやな感じの黄色い顔が出てきました。

「明るくては、よくわからない。電灯《でんとう》を消《け》すよ。」

男はそういって、壁《かべ》のところへとんでいって、スイッチをおしました。パッと電灯が消えて、部屋《へや》の中はまっ暗闇《くらやみ》になったのです。

暗闇の中で、ボウッと、まるいものが宙《ちゅう》に浮《う》いています。青い銀色《ぎんいろ》にひかった、顔のようなものです。

大きな目が二つ、まっ赤《か》な血《ち》の色にかがやき、グワッとひらいた口の中が、火のようにもえています。……ああ、夜光人間《やこうにんげん》です！　夜光人間の首ばかりが、ふわっと空間に浮《う》きあがっているのです。その首が、ケラケラケラと、おばけの声で笑《わら》いました。

「マユミ、わしが、なぜここへきたか、わかるかね。べつに、きみをどうこうしようというのじゃない。明智《あけち》はるすだそうだが、帰ってきたら、きみから、わしのことばをつたえるのだ。わしは、明智にそれをいうために、わざわざやってきたのだ。

わしは今夜、杉本《すぎもと》の宝物《ほうもつ》をうばいとった。そして、小林《こばやし》やチンピラ隊《たい》をひどいめにあわせてやった。

このつぎは、あさっての晩《ばん》だ。麻布山下町《あざぶやましたちょう》の赤森家《あかもりけ》の宝物を手にいれてみせる。赤森家には、中国《ちゅうごく》の大むかしの白玉《はくぎょく》の仏像《ぶつぞう》が五つそろっている。てのひらにのるような小さなものだが、天下にひびいた名宝《めいほう》だ。わしは前から、これを手にいれたいと思っていた。それを、あさっての晩に、ちょうだいにあがるのだよ。

赤森家にも、きみから、そうつたえてくれ。明智もあさっては帰ってくるかもしれない。帰ったら明智にも、このことを知らせるのだ。そして、じゅうぶん白玉をまもるがいい。だが、いくら明智が名探偵《めいたんてい》でも、夜光人間の魔力《まりょく》には、かなわないだろうと、そうつたえてくれ。わかったな。」

ああ、夜光人間《やこうにんげん》は、またしても、どろぼうの予告《よこく》をしているのです。しかも、わざわざ、名探偵明智小五郎《めいたんていあけちこごろう》の事務所《じむしょ》へやってきて、ふせげるものならふせいでみよ、と、からかっているのです。

夜光人間とは、いったい何者《なにもの》でしょう。この怪物《かいぶつ》は、世間《せけん》に知られた宝物《ほうもつ》ばかりねらっているようです。ばけもののくせに、美術品《びじゅつひん》をほしがるなんて、なんだかへんではありませんか。

そういう有名な美術品は、だれでも知っているのですから、売ろうとすればすぐにばれてしまいます。売ってお金にすることはできないのです。夜光人間は、お金がほしいのではなくて、美術品そのものを愛《あい》しているとしか考えられません。おばけどろぼうにもにあわない、ふしぎなのぞみを持っているやつです。

密室《みっしつ》の怪人《かいじん》

青銀色《あおぎんいろ》にひかる夜光人間の首が、まっ暗《くら》な部屋《へや》の空間を、ふわふわとただよいながら、恐《おそ》ろしい予告《よこく》をしているあいだに、マユミさんは、相手《あいて》にさとられぬよう、じりじりと、入り口のドアのほうへ近よっていました。そして、怪人《かいじん》のことばがおわるといっしょに、パッとドアをあけて廊下《ろうか》にとびだし、てばやくドアをしめて、ポケットのかぎで、外から、カチンと、錠《じょう》をおろしてしまいました。

さすがは探偵助手《たんていじょしゅ》のマユミさんです。怪物《かいぶつ》をむこうにまわして、りっぱにたたかったのです。怪物を、応接室《おうせつしつ》にとじこめてしまったのです。

応接室には、入り口のドアのほかに、明智《あけち》の書斎《しょさい》につうじる、もう一つのドアがありましたが、そのドアは、小林少年《こばやししょうねん》が出ていったあとで、かぎをかけてしまいました。

ですから、応接室からぬけだす道は、表《おもて》の広い道路《どうろ》にむかっている、二つの窓《まど》しかありません。ところがこの部屋《へや》は、鉄筋《てっきん》コンクリート建《だ》ての高い二階《かい》にあるのですから、窓からとびおりたら、けがをするにきまっています。

たとえ、うまくとびおりたとしても、表の道路には、まだ人通りがあります。見つからないで逃《に》げだすなんて、とてもできるものではありません。夜光人間《やこうにんげん》は、マユミさんのために、密室《みっしつ》にとじこめられたもどうぜんなのです。

マユミさんは、すぐに、となりに住んでいる人をよんで、夜光人間のことを知らせました。すると、二階じゅうの人が集《あつ》まってきて、探偵事務所《たんていじむしょ》へ出入りできるぜんぶのドアの見はりをしてくれました。たとえ、夜光人間が書斎のドアをやぶって、べつの出入り口から逃《に》げようとしても、こんなにおおぜいの見はりがついていては、どうすることもできません。

マユミさんは、みんなに見はり番をたのんでおいて、おとなりの電話をかりて、まだ世《せ》田谷《たがや》の杉本《すぎもと》さんのうちにいる小林少年《こばやししょうねん》と、それから、警視庁《けいしちょう》の一一〇番へ、このことを知らせました。一一〇番へ電話をかければ、近くをまわっているパトロールカーが、すぐにかけつけてくれるのです。ながくて五、六分、早いときには二、三分でやってきます。

二階《かい》じゅうの人が、明智《あけち》の部屋《へや》の前の廊下《ろうか》に集《あつ》まって、きみ悪《わる》そうに、ひそひそと、ささやきかわしながら、しめきったドアを見つめています。

そうして三分もたったでしょうか。表《おもて》のほうからかすかに、ウー……、ウー……という、サイレンの音が聞こえてきました。*

「アッ、パトロールカーだ。やっと、きてくれたぞ。」

みんなは、たのもしそうに、ささやくのでした。

マユミさんは、階段《かいだん》をかけおりて、アパートの玄関《げんかん》へいってみますと、表に白い警視庁《けいしちょう》の自動車《じどうしゃ》がとまっていて、中からふたり警官《けいかん》が出てくるところでした。

パトロールカーには、警官がふたりしか乗《の》っていません。運転《うんてん》はそのうちのひとりがやるのです。夜光人間《やこうにんげん》と聞いているので、自動車をからっぽにしておいて、ふたりとも、と

* このころのパトロールカーはウーウーというサイレン音だった

びだしてきたのでしょう。マユミさんは、自分の名をつげて、ふたりを二階《かい》へ案内《あんない》しました。

警官《けいかん》たちはドアの前につきすすみ、マユミさんのかぎをかりて、ドアをそっとひらき、すきまから、暗闇《くらやみ》の部屋《へや》をのぞいてみました。

「なにもいないじゃないか。そのひかった首というのは、どのへんにいたんだね。」

マユミさんも、のぞいてみました。ただまっ暗《くら》です。夜光の首は、どこにも見えません。

「あら、どうしたんでしょう。どっかに、かくれているのかもしれませんわ。電灯《でんとう》を……」

マユミさんは、ドアのすきまから手をいれて、壁《かべ》のスイッチをおしました。

パッと、真昼《まひる》のように明るくなった部屋の中。机《つくえ》の下にも、長イスの下にも、入り口から見たところでは、どこにも人のすがたはありません。

書斎《しょさい》につうじるドアも、ぴったりしまったままで、そちらへ逃《に》げたようすもないのです。

「おかしいな。はいってみよう。」

警官たちはそういって、ドアをいっぱいにひらくと、明るい応接室《おうせつしつ》へはいっていきました。

そして、人間のかくれられそうなところは、ぜんぶしらべ、マユミさんのかぎで、ドアをひらき、となりの書斎や、そのほかの部屋も、くまなくさがしましたが、怪人《かいじん》は、まったく、消《き》えうせてしまっていることがわかりました。

警官《けいかん》たちは、もとの応接室《おうせつしつ》にもどって、道路《どうろ》にむかっている窓《まど》のそばに立ち、ひらいたままのガラス戸に目をつけて、マユミさんにたずねました。

「この窓は、あなたが、部屋《へや》にいるときから、ひらいていたのですか。」

「いいえ、ちゃんとしめてありました。カーテンもひいてありました。じゃあ、もしかしたら……」

「いや、ここから、とびおりることは、むずかしいでしょう。また、つたっておりるような足がかりもない。それに、外の大通りには、まだ人が通っているのだから。」

警官のひとりは、窓から半身《はんしん》をのりだし、建物《たてもの》の壁《かべ》をながめながらいうのです。

ああ、またしても、夜光怪人《やこうかいじん》は、ふしぎな魔法《まほう》をつかいました。まったく出入りのできない部屋の中から、煙《けむり》のように消《き》えてしまったのです。

そのとき、入り口のドアの外で、ただならぬ人声《ひとごえ》がしました。

警官やマユミさんがふりかえると、廊下《ろうか》に集《あつ》まっている人々をかきわけるようにして、アパートの事務員《じむいん》が、ひとりの男といっしょにはいってきました。

それはベレー帽《ぼう》をかぶって、黒ビロードのだぶだぶした服《ふく》を着《き》た、画家《がか》のような男でした。

「この人が、見たというのです。夜光人間《やこうにんげん》が窓《まど》から出て、空へのぼっていくのを見たというのです。」

事務員《じむいん》は息《いき》をきらして、報告《ほうこく》しました。それを聞くと、ふたりの警官《けいかん》は目をまるくして、そのベレー帽《ぼう》の男の顔《かお》を、穴《あな》のあくほど見つめるのでした。

幽霊怪人《ゆうれいかいじん》

そのベレー帽の男は、近くに住んでいる榎本《えのもと》という洋画家《ようがか》でしたが、表通《おもてどお》りを歩いていますと、明智探偵事務所《あけちたんていじむしょ》の窓から、青白くひかるひとだまのようなものが、スウッととびだして、屋根《やね》のほうへのぼっていくのに気づいたのです。

その表通りには、夜ふけでもちらほらと人通りがありましたが、だれも上のほうを見ていなかったので、気がつかなかったのです。ただ、画家だけが、それを見たのです。

はじめは、ほんとうのひとだまかと思いましたが、スウッと、空へのぼっていくのをよく見ますと、青白くひかったまるいものに、まっ赤な大《か》きな目が、かがやいていますし、耳までさけた口が、火のようにもえているのがわかりました。

画家《がか》の榎本さんは、夜光人間のことを新聞で読んでいましたので、このひかる首は夜光《やこう》人間《にんげん》にちがいないと思い、いそいで、うちの中へかけこんで、そのことを知らせたのです。

そこで、おまわりさんたちは、すぐに表《おもて》に出て、屋根《やね》を見あげましたが、もうそのときには、ひかる首はどこにも見えませんでした。

夜光怪人《やこうかいじん》は幽霊《ゆうれい》のように、じゆうじざいにとびまわるやつですが、やっぱり人間にはちがいないのですから、なにか、しかけがなくては、空へのぼれるわけがありません。

きっと、なかまのやつが、屋根《やね》の上にかくれていたのです。そして、ほそくてじょうぶなひもを、屋根から明智事務所《あけちじむしょ》の窓《まど》の外へたらしていたのです。

ひかる首ばかりを見せた夜光怪人は、そのひもにつかまって、窓の外へ出たのでしょう。

それを、なかまのやつが、屋根の上へずるずる引きあげ、そのまま、ふたりは屋根づたいに、どこかへ、逃《に》げてしまったのにちがいありません。

暗闇《くらやみ》の待ちぶせ

それから二日め、いよいよ麻布《あざぶ》の赤森《あかもり》さんのうちへ、夜光怪人がやってくる日になりました。

赤森さんは、マユミさんから知らせをうけたので、すぐに警察《けいさつ》にとどけて、その日は明るいうちから、五人の刑事《けいじ》に家のうちそとを、まもってもらうことにしました。

また、

「明智先生《あけちせんせい》が旅行《りょこう》からお帰りになったら、すぐきてくださるように。」

と、たのんでありました。そして、それまでのあいだ、小林少年《こばやししょうねん》が、宝物《ほうもつ》の見はりをすることになっていました。

すると、夕方になって、赤森《あかもり》さんの玄関《げんかん》へ、黒い背広《せびろ》を着《き》た、せいの高い紳士《しんし》があらわれました。それが、旅行《りょこう》から帰った明智小五郎名探偵《あけちこごろうめいたんてい》だったのです。

お手つだいさんがとりつぎますと、主人《しゅじん》の赤森さんがおどろいて、玄関へ出てきました。そして、ていねいに応接間《おうせつま》へとおして、お茶《ちゃ》やおかしをだして、もてなすのでした。

赤森さんは、前には手びろく貿易商《ぼうえきしょう》をやっていたのですが、いまは引退《いんたい》して、美術品《びじゅつひん》を集《あつ》めるのを、たのしみにしているお金持ちで、六十歳《さい》ぐらいのでっぷりふとった、りっぱな人です。

「夜光人間《やこうにんげん》が今夜、こちらへしのびこむと聞きましたので、旅行から帰ると、すぐにかけつけたのです。うちの小林がきているそうですが、どこにいるのでしょうか。」

明智がたずねますと、赤森さんは、

「美術室《びじゅつしつ》で、見はりをしていてくれるのです。先生も、あちらへ、おいでくださいませんか。」

「ええ、そうしましょう。小林《こばやし》にかわって、ぼくが、見はりをひきうけますよ。」

そこで、ふたりは、おくまった美術室《びじゅつしつ》へはいりました。

広い部屋《へや》の壁《かべ》いっぱいに、大小さまざまの洋画《ようが》の額《がく》がかけならべられ、ガラス戸棚《とだな》が、ずらっとならんでいて、その中に、美しい彫刻《ちょうこく》や、西洋《せいよう》のつぼや、花びんなどが、おさめてあります。

ふたりがはいっていきますと、まん中のテーブルにこしかけていた小林少年《こばやししょうねん》が、

「あ、先生！」

といって立ちあがりました。

「あとは、ぼくがひきうけるから、きみは事務所《じむしょ》へ帰ってくれたまえ。しかし、いつ電話で連絡《れんらく》するかもしれないから、事務所を出ないようにね。」

小林君《こばやしくん》はそれを聞くと、ちょっとへんな顔《かお》をしましたが、先生の命令《めいれい》ですからしかたがありません。そのまま一礼《いちれい》して、部屋を出ていきます。

「ところで、赤森《あかもり》さん。その白玉《はくぎょく》の彫刻というのは、どこにしまってあるのですか。」

「あれです。あのガラス戸棚の上の段《だん》にならべてあります。わたしの持っている美術品《びじゅつひん》のうちでは、いちばん値《ね》うちのあるものです。夜光怪人《やこうかいじん》がこれをねらったのは、なかなか、

目がたかいですよ。あいつは、めずらしい美術品《びじゅつひん》が、どこにあるかということを、よく知っているらしいですね。」

明智探偵《あけちたんてい》は、そのガラス戸棚《とだな》のそばによって、五つの白玉《はくぎょく》の宝物《ほうもつ》を、つくづくとながめました。

「なるほど、これはすばらしい。ぼくは、こんな美しい彫刻《ちょうこく》は見たことがありませんよ。」と感《かん》じいったようすです。

それから、ふたりは、まん中のテーブルにむかいあってこしかけ、しばらく話をしていましたが、

「今夜は、ぼくが、この部屋《へや》にかくれていることにしましょう。あなたは、ご自分の部屋へ、おひきとりくださって、けっこうです。ぼくひとりのほうが、つごうがいいのですよ。あとで、庭《にわ》にいる刑事君《けいじくん》たちともうちあわせをして、あいつがやってきたら、ひっとらえる計画《けいかく》をたてます。じつは、ひとつ、うまい考えがあるのですよ。」

明智のたのもしげなことばに、赤森《あかもり》さんはすっかり安心《あんしん》して、

「どうかよろしくねがいます。日本一の名探偵《めいたんてい》といわれる先生に、見はりをしていただければ、こんな心じょうぶなことはありません。では、わたしは、あちらの部屋におりますから、ご用があったら、いつでも、ベルをおしてください。」

「それでは、この部屋《へや》のドアのかぎをおかしください。中からかぎをかけて、だれもはいれないようにしておきたいのです。」

赤森《あかもり》さんは、部屋のすみの戸棚《とだな》のひきだしから、かぎをとりだして、明智探偵《あけちたんてい》にわたし、そのまま、ドアの外へ出ていきました。

あとにのこった明智探偵は、入り口のドアにかぎをかけてから、庭《にわ》にめんした窓《まど》のところへいって、外をのぞきました。

すると、ちょうどそこへ、ひとりの刑事《けいじ》がとおりかかりましたので、明智はその名をよび、刑事が窓の近くへよってくるのを待って、ひそひそと、なにかささやきました。それは警視庁《けいしちょう》の中村警部《なかむらけいぶ》の部下《ぶか》の刑事で、明智探偵は、よく知っていたのです。

刑事がうなずいて立ちさりますと、明智は窓をしめ、かけがねをはめて、しばらく部屋の中を見まわしていましたが、すみにおいてある木の戸棚《とだな》と壁《かべ》のあいだに、すこし、すきまがあるのを見つけ、からだを横《よこ》にして、そこへかくれてしまいました。

それから一時間あまり、なにごともなくすぎさりました。

部屋の中は、しいんとしずまりかえって、まったく、からっぽのように見えます。ドアや窓には、みな、内側《うちがわ》から、しまりがしてあります。

もし夜光人間《やこうにんげん》が、どこかをこじあけて、はいってくれば、すぐにわかりますから、明智《あけち》探偵《たんてい》は、かくれ場所《ばしょ》からとびだして、つかまえる。庭《にわ》やうちの中の廊下《ろうか》には、五人の刑事《けいじ》がかくれていますから、さわぎがおこれば、すぐにかけつけてくる、というてはずなのです。

やがて、窓《まど》の外に夕闇《ゆうやみ》がせまり、みるみる日がくれて、庭《にわ》は、まっ暗《くら》になってしまいました。部屋《へや》の中も、電灯《でんとう》をつけないので、真《しん》の闇です。

その暗闇《くらやみ》の中で、明智探偵《あけちたんてい》は、タバコを吸《す》うのもがまんして、しんぼうづよく待ちぶせしていました。

庭の見はりをうけもっている三人の刑事は、ばらばらに分かれて、木のしげみにかくれ、じっと、あたりに気をくばっていました。

すると、まっ暗な庭の立ち木のあいだに、青白い光りものが、フワッと浮《う》きだしてきたではありませんか。夜光怪人《やこうかいじん》の首です。大きな赤い目が、らんらんとかがやき、耳までさけた口が、火のようにもえています。

しかし、それを見ても、刑事たちはかくれ場所からとびだしません。怪物《かいぶつ》が美術室《びじゅつしつ》へしのびこむのを待っているのです。明智探偵が怪物をとらえて、あいずをするまで、けっしてさわがないようにと、いいつけられていたからです。

首ばかりの夜光人間《やこうにんげん》は、ふわふわと宙《ちゅう》をただよいながら、美術室の窓のほうへ近づいていきます。

木かげに身《み》をひそめた三人の刑事《けいじ》は、じっと、それを見おくっていましたが、ひかる首は窓《まど》のところまでいくと、ふっと、かき消《け》すように見えなくなってしまいました。

幽霊《ゆうれい》のように、ガラスをとおりぬけて、部屋《へや》の中へはいっていったのでしょうか。どうも、そんなふうに感《かん》じられるのです。

三人の刑事は、いまにも部屋の中から、明智探偵《あけちたんてい》とのとっくみあいの音が、聞こえてくるのではないかと、耳をすまして待ちかまえました。

名探偵《めいたんてい》の危難《きなん》

そのとき、美術室《びじゅつしつ》の前の廊下《ろうか》には、ふたりの刑事が、ものかげにかくれて、じっと息《いき》をころしていました。

すると、とつぜん、美術室の中から人の声が聞こえ、どたんばたんと、とっくみあっているような物音《ものおと》がひびいてきました。

いよいよ夜光怪人《やこうかいじん》がやってきたので、明智探偵が、とらえようとしているのかもしれません。

ふたりの刑事《けいじ》は、いそいで美術室《びじゅつしつ》の前にいき、ドアをひらこうとしましたが、中からかぎがかかっていて、びくとも動《うご》きません。

刑事たちは、どんどんとドアをたたきながら、大声で明智探偵《あけちたんてい》によびかけました。

「先生、あいつがやってきたのですか。ここをあけてください。」

しかし、中からは、なんの答《こた》えもないのです。明智は怪人《かいじん》ととっくみあっていて、返事《へんじ》をすることもできないのかもしれません。

「明智先生《あけちせんせい》！　どうされたのですか？　相手《あいて》がてごわいのですか。このドアをあけることはできませんか。」

中では、やっぱり無言《むごん》のまま、どたんばたんという恐《おそ》ろしい物音《ものおと》がつづいています。ハッ、ハッという、はげしい息《いき》づかいまで聞こえてくるようです。

「明智先生は、やられているのかもしれないぞ。からだでぶつかって、ドアをやぶろうか。」

「いや待て、それよりも合いかぎのほうがはやい。ぼくがご主人《しゅじん》をよんでくるから待っててくれ。」

ひとりの刑事が、そう叫《さけ》んで、おくのほうへかけだしていきましたが、やがて、主人の赤森《あかもり》さんをつれてもどってきました。

赤森《あかもり》さんは、用意《ようい》してきた合いかぎで、すぐにドアをひらきました。

ふたりの刑事《けいじ》は、そこからとびこんでいきましたが、まっ暗《くら》で、なにがなんだかわかりません。

「ご主人《しゅじん》！ スイッチはどこですか、電灯《でんとう》をつけてください。」

その声に、赤森さんも部屋《へや》の中へふみいり、手さぐりで電灯のスイッチをおしました。

パッと明るくなった部屋の中。

「アッ、明智先生《あけちせんせい》が……。」

三人は、たおれている明智探偵《あけちたんてい》のそばへかけよりました。名探偵《めいたんてい》は、ぐったりとなって、気をうしなっているようです。

「明智先生！ しっかりしてください。」

だきおこして、ゆすぶっても、目をふさいだまま、てごたえがありません。

しかし、相手《あいて》はどこへいったのでしょう。

部屋の中には明智のほかに、だれもいないのです。

そのとき、庭《にわ》にめんした窓《まど》ガラスを、こつこつと、たたく音が聞こえました。見ると、庭にいた三人の刑事の顔《かお》が、ガラスの外に、かさなりあっています。電灯がついてから、こちらの刑事たちのすがたが見えたので、かけつけてきたのでしょう。

部屋《へや》の中の刑事《けいじ》が、かけがねをはずして窓《まど》をひらきますと、三人の刑事は窓をのりこえて、部屋の中にはいってきました。

みんなで、明智探偵《あけちたんてい》をとりかこんで、名をよんだり、からだをゆすったりしていましたが、すると、名探偵《めいたんてい》はやっと正気《しょうき》づいて、目をひらき、キョロキョロと、あたりを見まわすのでした。

「あいつは、とらえましたか……。」

明智が、顔《かお》をしかめながら、力のない声でたずねます。

「あいつって、夜光怪人《やこうかいじん》のことですか。」

明智は、「もちろん」といわぬばかりに、うなずいてみせます。

「ぼくたちが、はいってきたときには、もうだれもいなかったです。……しかし、どこから逃《に》げたのかな。ドアにも窓にも、ちゃんとしまりができていたのに……。」

すると、庭にいた刑事のひとりが、それをひきとって、

「そういえば、もっとへんなことがある。ぼくたちは、夜光怪人の首が、あの窓のところへとんでくるのを見ました。そして窓の前で、スウッと消《き》えてしまったのです。それにしても、しまった窓から、どうして部屋の中へはいったのか、じつにふしぎです。あいつは、やっぱり幽霊《ゆうれい》みたいに、ガラスをとおりぬけて、はいったのでしょうか。」

と、おびえたような顔《かお》をしています。

「明智先生《あけちせんせい》、ほんとうに、あいつを、つかまえられたのですか。」

「うん、つかまえることは、つかまえたんだが、恐《おそ》ろしく力の強いやつで、とっくみあっているうちに、うしろむきにたおされ、そのとき、ひどく頭《あたま》をうって、つい気をうしなってしまった。」

「それで、あいつは、ひかった首だけを、あらわしていたのですか。」

「いや、全身《ぜんしん》に、まっ黒なものを着《き》ていた。顔も黒い覆面《ふくめん》で、かくしていた。暗闇《くらやみ》の中へ影法師《かげぼうし》みたいなやつが、ヌーッとはいってきたんだよ。

窓《まど》のところで、ひかる首が消えたというのは、そこで黒い覆面を、かぶったのにちがいない。それにしても、しまったままの窓から、どうして中へはいったのか。その秘密《ひみつ》は、ぼくにもわからないのだ。」

そのとき、部屋《へや》のいっぽうで、赤森《あかもり》さんのけたたましい声が聞こえました。

「アッ、白玉《はくぎょく》の彫刻《ちょうこく》がないッ！　五つとも、なくなっている。」

みんなが、ガラス戸棚《とだな》の前に集《あつ》まりました。

見ると、そこの陳列棚《ちんれつだな》が、からっぽになっているのです。夜光怪人《やこうかいじん》は、約束《やくそく》どおり、赤森さんの宝物《ほうもつ》をぬすみさったのです。

「赤森《あかもり》さん、もうしわけありません。ぼくの計略《けいりゃく》が、まちがっていました。ドアにかぎをかけたのがいけなかったのです。ドアさえあいていれば、刑事諸君《けいじしょくん》が助《たす》けてくれたでしょうから、あいつをとらえるのは、わけはなかったのです。明智小五郎《あけちこごろう》、一生《いっしょう》の大失敗《だいしっぱい》でした。しかし、これで負《ま》けてしまうつもりは、ありません。きっと、白玉《はくぎょく》の彫刻《ちょうこく》をとりかえしてお目にかけます。十日ほど、ゆうよをください。かならず、この恥《はじ》をすすいでみせます。」

明智探偵《あけちたんてい》は、頭《あたま》のきずをおさえながら、もうしわけなさそうにいうのでした。

それからまもなく、明智探偵は、しょんぼりしたすがたで、赤森さんのうちを出ると、自動車《じどうしゃ》にも乗《の》らずに暗《くら》い屋敷町《やしきまち》を、とぼとぼと歩いていきました。ところが、そのとき、みょうなことがおこったのです。

明智のとおりすぎた道の電柱《でんちゅう》の下に、ひとりの男が、うずくまっていましたが、そいつが、スックと立ちあがって、探偵のあとをつけはじめたではありませんか。

暗いので、よくわかりませんが、ぼろぼろの服《ふく》を着《き》た、からだの小さい少年です。尾行《びこう》にはなれているとみえて、相手《あいて》に気づかれないよう、うまくあとをつけていきます。

ふしぎな家

この少年は、いったい、何者《なにもの》でしょう。

なぜ明智探偵《あけちたんてい》のあとをつけていくのでしょう。

探偵は、すこしもそれに気づかぬようすで、暗《くら》い町を、いそぎ足にとおりすぎて、大通りへ出ますと、そこに一台《だい》の自動車《じどうしゃ》が待っていて、明智はそれに乗《の》りこみました。

少年は、どうするかと見ていますと、明智探偵が、自動車に乗るのを待って、高く手をあげて、あいずをしました。すると、むこうから、べつの自動車が、スウッと近づいてきて、少年の前にとまったではありませんか。こんなきたない少年によばれて、自動車がやってくるなんて、じつにふしぎなことです。

そして、少年の乗った自動車は、明智探偵の自動車を尾行《びこう》するのでした。

二台の車は、夜の町を、矢のように走りました。まだ八時ごろですから、町には自動車がたくさん走っているので、尾行がめだたないのです。

しかし、やがて、明智探偵の車は、渋谷区《しぶやく》にはいり、だんだん、さびしい町へ進《すす》んでいきます。そうなると、相手《あいて》に気づかれないためには、二つの車のあいだを遠くしなければなりません。少年は、運転手《うんてんしゅ》にさしずをして、たくみに尾行《びこう》をつづけました。

明智探偵《あけちたんてい》の車がとまったのは、大きな屋敷《やしき》ばかりならんでいる、さびしい町でした。そこに石の門のある二階建《かいだ》ての西洋館《せいようかん》があって、明智は車をおりると、その西洋館へはいっていきました。

きたない少年も、ずっとへだたったところに、車をとめておりると、その石の門の中へ、しのびこんでいくのです。

いったい、このコンクリートの西洋館は、だれのうちなのでしょう。門の表札《ひょうさつ》には、「伊達五郎《だてごろう》」と書いてありますが、伊達五郎なんて聞いたこともない名前です。明智探偵は、事務所《じむしょ》へ帰らないで、どうして、こんなうちへ、はいっていったのでしょう。

「いよいよ、おかしいぞ。先生だけが知っていて、ぼくの知らないうちなんてないはずだからな。」

少年が、ひとりごとをつぶやくのでした。

少年は明智探偵のことを、「先生」といいました。では、この少年は少年探偵団《しょうねんたんていだん》のチンピラ隊員《たいいん》なのでしょうか。しかし、それにしては、いまつぶやいたことばがへんです。もっと明智探偵としたしいあいだがらにちがいありません。

ああ、そうです。これは小林少年《こばやししょうねん》が、変装《へんそう》しているのではないでしょうか。顔《かお》をうす黒くぬっていますが、あのぱっちりした、りこうそうな目は、たしか小林少年《こばやししょうねん》の目です。

このへんで、もうほんとうのことを書いてしまいましょう。これは小林少年なのです。小林君《こばやしくん》はさっき赤森《あかもり》さんのうちで、明智探偵《あけちたんてい》に、「きみは、さきに帰れ」といわれて、外へ出ましたが、こんなことをいわれたのは、はじめてなので、なんだかへんだと思いました。

そこで、公衆電話《こうしゅうでんわ》から、明智探偵事務所《あけちたんていじむしょ》へ電話をかけて、るす番をしているマユミさんにたずねてみますと、明智探偵から、今夜八時三十分に東京駅《とうきょうえき》につくという電報《でんぽう》が、きているることがわかりました。

いよいよ、おかしいではありませんか。八時三十分につく明智探偵が、それよりずっとはやく、赤森さんのうちに、あらわれたのです。

そこで小林君は、この明智探偵は、にせものかもしれないと考えました。顔《かお》も声も、そっくりですが、そういう変装《へんそう》の名人がないとはいえません。これまでにも、いろいろな事件《じけん》で、にせ明智があらわれたことは、たびたびあるのです。

小林君は、タクシーをひろって事務所に帰り、おおいそぎできたない少年に変装をすると、こんどは、いつもつかうハイヤーをたのんで、赤森さんのうちの近くまでひきかえし、自動車《じどうしゃ》は大通りに待たせておいて、赤森邸《あかもりてい》の門の前の電柱《でんちゅう》のかげにかくれていたのです。

ふたりの明智小五郎《あけちこごろう》

小林少年《こばやししょうねん》は、ふしぎな西洋館《せいようかん》の門の中へしのびこんで、建物《たてもの》のまわりを、ぐるっとまわってみました。

すると、裏庭《うらにわ》にめんした一階《かい》の部屋《へや》の窓《まど》から、電灯《でんとう》の光がさしていましたので、そっと、窓から中をのぞいてみますと、その部屋に、さっきの明智探偵《あけちたんてい》が、ひとりで立っているのが見えました。

りっぱな部屋です。むこうの壁《かべ》に、大きな鏡《かがみ》がはめこみになっています。高さ一メートル半もある細ながい鏡です。

明智探偵は、その大鏡《おおかがみ》の前に立って、自分のすがたをながめながら、ひとりごとをいっていました。

「おれの変装《へんそう》の腕《うで》まえは、たいしたもんだなあ。あの小林でさえ、見やぶることができなかったんだからなあ。ウフフフフ……、大どろぼうが名探偵《めいたんてい》にばけて、宝物《ほうもつ》の番をしたんだ。さすがの小林も刑事《けいじ》たちも、この手には気がつかなかったて。ウフフフフ……」

鏡の中の自分のすがたに笑《わら》いかけながら、大とくいのようです。

それを聞くと、きたない少年の小林君《こばやしくん》は、そっと窓《まど》をはなれて、おおいそぎで門の外にかけだし、近くの公衆電話《こうしゅうでんわ》をさがして、その中にとびこみました。

そして、どこかへ電話をかけると、またもとの西洋館《せいようかん》にもどったのですが、小林君のことは、ここまでにしておいて、こんどは、西洋館の中のにせ明智探偵《あけちたんてい》のほうから、お話をすすめることにします。

小林君が公衆電話をかけてから、三十分もたったころです。にせの明智探偵は、あの鏡《かがみ》の部屋《へや》のアームチェアに、ゆったりとこしかけて、タバコをふかしていました。まだ変装《へんそう》をとかないで、明智探偵のすがたのままです。このすがたで、まだ、一仕事《ひとしごと》するつもりなのでしょうか。

このとき、こつこつと、ドアをたたく音がしました。にせ明智の部下《ぶか》のものかもしれません。

「はいりたまえ。」

にせ明智は、ゆったりとして答えました。

ドアがスウッとひらきました。そして、そこに立っていた人は……。

にせ明智が、「アッ」といって、イスから立ちあがりました。

ごらんなさい！　ドアの外に立っていたのは、明智探偵だったのです。部屋の中にも明《あけ》智探偵《ちたんてい》、ドアの外にも明智探偵《あけちたんてい》、顔《かお》から洋服《ようふく》から、そっくりそのままの人間がふたり、むかいあって立っているのです。

にせ明智は、自分のすがたが、鏡《かがみ》にうつっているのではないかと思いました。しかし、大鏡《おおかがみ》は、ドアの横《よこ》のほうに、ちゃんとあるのです。そして、そこにも、自分のすがたが、うつっているのです。明智探偵が三人になりました。自分と、ドアのところに立っているのと、鏡にうつっているのと、あわせて三人です。

「ハハハハハ……、おどろいているね。だが、きみは、じつに変装《へんそう》がうまいねえ。ぼくだって、そこにいるのは、自分じゃないかと思うくらいだよ。ハハハハハ……」

ほんものの明智探偵が、ゆっくり、部屋《へや》の中へはいってきました。

「き、きみは、どうして、ここへ……」

にせものは、すっかりどぎもをぬかれて、はっきり口をきくこともできません。

「小林《こばやし》だよ。きみは赤森《あかもり》さんのうちから、小林をおいかえしたそうだね。ぼくはいままで、そんなことをしたためしがないから、小林がうたがったのだ。かしこい少年だからね。そして、きみのあとをつけたのだよ。

ぼくは今夜八時三十分に、東京駅《とうきょうえき》について、すぐ事務所《じむしょ》に帰ったのだが、そこへ小林から電話がかかってきた。その小林が、このうちをおしえてくれた。それで、にせの明智探《あけちたん》

偵《てい》にあうために、ここへやってきたというわけさ。ハハハハハ……。」

ほんものの明智探偵《あけちたんてい》はそういって、右手をポケットにいれました。にせ明智も、右手をポケットにいれています。

「ハハハハ……、ポケットから手をだしたまえ。ピストルなら、ぼくも持っているんだからね。」

「うん、とび道具《どうぐ》はよそう。話せばわかることだ。」

にせ明智は、やっと決心《けっしん》がついたらしく、もうへいきな顔《かお》になって、ポケットから、手をだしました。ほんものの明智も、ピストルをはなして、手をだし、にこにこしながら、話しつづけるのでした。

「夜光人間《やこうにんげん》とは、うまく考えたねえ。あのきみの悪《わる》い顔でおどかしておいて、どろぼうをやるなんて、きみでなければ思いつかないことだよ。」

「それじゃ、きみは、おれの秘密《ひみつ》を、なにもかも知っているというのか。」

にせ明智が、ふてぶてしくたずねます。

「うん、知っている。この前の杉本《すぎもと》さんの推古仏《すいこぶつ》をぬすんだ事件《じけん》も、こんどの赤森《あかもり》さんの白玉《はくぎょく》をぬすんだ事件も、すっかりわかっている。

ぼくは旅行《りょこう》をしていたが、新聞を読んで、おおかたはさっしていた。そして、今夜帰って、事務所《じむしょ》の者《もの》から、くわしい話を聞いたので、すっかりわかってしまった。」

「ふうん、そうか。さすがは名探偵《めいたんてい》だな。よろしい、きみの話を聞いてやろう。だが、この部屋《へや》はおちつかない。もっとおくの部屋へいこう。いごこちのいい部屋があるんだ。」

「どこへでもいく。もう、この建物《たてもの》は、おおぜいの警官隊《けいかんたい》に、かこまれているころだからね。小林《こばやし》が警視庁《けいしちょう》の中村警部《なかむらけいぶ》に知らせて、その手配《てはい》をしたのだ。だから、きみがぼくをごまかして、逃《に》げだそうとしたって、逃げられるはずはない。どこへでもいく、さあ、案内《あんない》したまえ。」

「ふうん、よく手がまわったな。よろしい、おれも、いまさら逃げかくれはしない。じゃあ、こちらへきたまえ。」

にせ明智《あけち》はそういって、さきに立って、ドアの外へ出ていきました。廊下《ろうか》を一つまがった、おくまったところに、こぢんまりした、きれいな部屋があります。ふたりは、その中へはいって、むかいあって立ちました。

その部屋には、窓《まど》というものが、ひとつもありません。たったひとつのドアには、にせ明智が、中からかぎをかけました。ですから、その部屋は完全《かんぜん》な密室《みっしつ》になってしまったのです。

魔法《まほう》の種《たね》

「さあ、聞こう、きみがどこまで、おれの秘密《ひみつ》を知っているか、話してみたまえ。」

にせ明智《あけち》は立ちはだかったまま、あざけるようにいうのでした。

「夜光人間《やこうにんげん》には、きみがばけることもあるし、きみの部下《ぶか》がばけることもある。夜光塗料《やこうとりょう》をぬったビニールのシャツとズボンをはくのだ。顔《かお》や手には、じかに夜光塗料をぬる。目には赤ガラスのめがねをかけ、そのめがねに豆電球《まめでんきゅう》をつけて、まっ赤《か》にひからせているのだろう。口の中にも豆電球をいれて、火をはくように見せているのだ。その電球は、ほそいコードで、ポケットにいれた乾電池《かんでんち》につながっている。これはぼくの想像《そうぞう》だが、たぶんまちがいないだろう。え、どうだね。」

「うん、まあそんなとこだ。で、夜光人間が、空へのぼるのは?」

「高い木のてっぺんから、綱《つな》をさげて、それをのぼるのだ。夜だから、綱は見えない。そして、てっぺんまでのぼって、黒いシャツとズボンをはき、顔は覆面《ふくめん》でかくしてしまう。すると、なにも見えなくなる。てっぺんで、すがたが消《き》えるので、空中へとびさったように見えるのだよ。」

「うん、そのとおりだ。では、どうして、仏像《ぶつぞう》や白玉《はくぎょく》をぬすんだのか、それをいってみたまえ。」

「夜光人間《やこうにんげん》は、しめきった部屋《へや》の中へ、はいれるはずがない。だから、あいつは、窓《まど》の外をうろついたばかりで、ものをぬすんだのではない。ぬすんだやつは、べつにいるのだ。まず、杉本《すぎもと》さんの書斎《しょさい》から推古仏《すいこぶつ》をぬすんだやりかたをいうと、あの推古仏は、もともときみのものだったのだ。」

「え、おれのものだって?」

「そうだよ。杉本さんときみとは、同じ人間だったのさ。」

「え、なんだって?」

「きみは変装《へんそう》の名人だ。だれにでもばけられる。きみはいろいろな人間にばけて、ほうぼうに家を持っている。

ここのうちには、伊達五郎《だてごろう》という表札《ひょうさつ》が出ているが、きみは伊達五郎という人間になって、ここに住んでいる。それと同じように、きみは杉本という人間になって、世田谷《せたがや》のあのうちにも住んでいるのだ。

そして、夜光人間にねらわれたように見せかけて、きみは、自分の仏像《ぶつぞう》を自分でぬすんだのだよ。あのとき、あの部屋は密室《みっしつ》になっていた。だれもはいれるはずはない。部屋にいたのは、きみと小林《こばやし》だけだった。

夜光人間《やこうにんげん》は、窓《まど》の外をうろうろしていたけれども、部屋《へや》の中へははいれない。ぬすんだのは主人《しゅじん》の杉本《すぎもと》、すなわち、きみだった。小林が窓の外の夜光人間に気をとられているすきに、あの小さな仏像《ぶつぞう》を、内ポケットにしまいこんだ。そして、夜光人間にぬすまれたように、見せかけたのだ。

夜光人間が幽霊《ゆうれい》のように、しめきった部屋《へや》へしのびこめるということを、世間《せけん》に見せつけたのだ。そうしておけば、こんど他人《たにん》のものをぬすむときにも、やっぱり夜光人間のしわざだと、思わせることができるからね。今夜は、きみは、ぼくにばけて、赤森《あかもり》さんの美《び》術室《じゅつしつ》に、ひとりでいた。ドアには、中からかぎをかけ、刑事《けいじ》たちが、はいってこないようにしておいて、きみは、ひとり芝居《しばい》をやったのだ。

夜光人間が、部屋にはいってきて、きみととっくみあっているように、見せかけたのだ。どすんどすんと、音をさせたり、うめき声をたてたりしてね。

みんなが心配《しんぱい》して、ドアをやぶって部屋にはいってきたときには、夜光人間にやられたようにして、たおれていた。そのじつ、きみは五つの白玉《はくぎょく》を、ほうぼうのポケットにひとつずついれて、たおれていたのだ。ちゃんと、ぬすんでしまっていたのだ。

そして、名探偵明智小五郎《めいたんていあけちこごろう》が、大失敗《だいしっぱい》をやったということにして、こそこそ赤森さんのうちを逃《に》げだしたというわけさ。ぼくこそ、いいめいわくだ。ぼくは夜光人間《やこうにんげん》と、とっくみあって、気をうしなうような弱虫じゃないからね。」

「うん、えらいッ！　なにもかも、きみのいうとおりだ。さすがによく見やぶった。それじゃあ、もうひとつの秘密《ひみつ》も、きみは、とっくに感《かん》づいているのだろうね。」

にせ明智《あけち》は、そういって、じっと、相手《あいて》の顔《かお》を見つめました。どちらがどちらと、見わけのつかないほどそっくりのふたりの明智探偵《あけちたんてい》が、立ちはだかったまま、おたがいの目を、見つめあっていました。たっぷり一分間ほども、そうして、じっと、にらみあっていたのです。

「むろん、知っている。」

しばらくして、ほんものの明智探偵が、にっこりしていいました。そして彼《かれ》の右手が、スウッと前にのびたかとおもうと、まっこうから、にせ明智の顔を指《ゆび》さしました。

「きみは四十面相《めんそう》だッ。その前の名は二十面相といったね。」

ピシッ、むちをうつような、するどい声でした。

「で、おれが四十面相なら、どうしようというのだ。」

「警察《けいさつ》にひきわたすのだ。さっきもいったとおり、このうちは警官隊《けいかんたい》にとりかこまれている。きみはもう、ぜったいに逃げることはできないのだ。」

「ふふん、いよいよ、袋《ふくろ》のネズミというわけか。だがね、明智君《あけちくん》、おれはたびたび、こういう目にあっている。そのたびに、おくの手が用意《ようい》してあるかもしれないぜ。」

警《けい》官《かん》隊《たい》

「ハハハ……やせがまんはよしたまえ。ほら、聞こえるだろう。ドアの外の廊下《ろうか》に、おおぜいの靴音《くつおと》がする。警官隊《けいかんたい》がやってきたのだ。五人や六人じゃない。何十人という警官が、この家をとりまいている。そのうちの一隊《いったい》が、ここへやってきたのだ。」

明智のことばがおわらないうちに、どんどんと、ドアをたたく音がして、

「明智君、ここにいるのか。ぼくは中村《なかむら》だ。犯人《はんにん》はだいじょうぶか。」

ドアの外から、かすかな声が聞こえました。警視庁《けいしちょう》の中村警部《なかむらけいぶ》です。警部がおおぜいの部下《ぶか》をつれて、やってきたのです。

「だいじょうぶだ。この部屋《へや》には、窓《まど》がない。出入り口は、そのドアばかりだ。ドアの外で、見はっていてくれたまえ。いまに犯人をひきわたすからね。」

明智が大声で、ドアの外へよびかけました。

「ハハハハ……、おもしろい。おれは、袋のネズミだね。ハハハ……、さすがの四十面相《めんそう》

も、とうとう、名探偵《めいたんてい》のわなにかかったというわけか。ところがね。明智君《あけちくん》、いまもいうとおり、おれには、まだ、最後《さいご》のおくの手がのこっている。それをお目にかけるときが、きたようだね。」

四十面相《めんそう》は、あくまで、ふてぶてしく笑《わら》いとばしています。いったい、なにを考えているのでしょう。

そのとき、みょうなことが、おこっていました。ほんものと、にせものと、ふたりの明《あけ》智探偵《ちたんてい》の立っている部屋《へや》が、かすかにゆれはじめたのです。

「おや、地震《じしん》のようだな。」

明智探偵がいいますと、四十面相は、また笑いだしました。

「うん、地震だ。ハハハハ……、ゆかいゆかい。おれは地震がだいすきだよ。この地震が、おれのすくいぬしなんだからな。ハハハ……」

地震で家がこわれたら、逃《に》げだせるという意味《いみ》でしょうか。しかし、そんなに、強い地震ではありません。ごくかすかな、いつまでもつづく長い地震です。

明智探偵はドアに背中《せなか》をむけて、部屋のおくにいる四十面相を、ゆだんなく見つめていました。なにか、へんなまねをすれば、すぐにとびかかる用意《ようい》をしながら、じっと見つめていました。

ドアの外の廊下《ろうか》には、中村警部《なかむらけいぶ》をさきに立てて、十名ほどの制服警官《せいふくけいかん》が、ひしめきあっていました。

ドアにはかぎがかかっているので、中から明智探偵《あけちたんてい》があけてくれるのを、待ちかまえていたのです。

もうひらくか、もうひらくかと、みんなの目が、そのドアをにらみつけていたのです。

なにをしているのでしょう。明智はなかなか、ドアをあけてくれません。中村警部はしびれをきらして、また、どんどんとドアをたたきながら、声をかけました。

「明智君《あけちくん》、はやくドアをあけてくれたまえ。おい、明智君、どうしたんだ。」

耳をすましても、なんの答《こた》えもありません。

「おい、明智君。どこにいるんだ。返事《へんじ》をしたまえ。」

いくらどなっても、部屋《へや》の中は、しいんとしずまりかえって、なんの物音《ものおと》もしないのです。

中村警部は、心配《しんぱい》になってきました。こぶしをにぎって、ドアをめちゃめちゃに、たたきつづけました。しかし、なんの答えもないのです。

「どうしたんだろう。おかしいぞ。よしッ、しかたがない。きみ、このドアへ、からだでぶっつかって、やぶってくれたまえ。」

とうとう決心《けっしん》して、部下《ぶか》に命《めい》じました。

ひとりのがっしりした警官《けいかん》が前に出て、「わたしがやります」といいながら、どしん、とドアにからだをぶっつけました。

どしん、どしんと、二、三度《ど》やると、ドアの板《いた》がわれ、ちょうつがいがこわれて、大きなすきまができました。

中村警部《なかむらけいぶ》は、そこから部屋《へや》の中をのぞいてみましたが、アッ、これはどうしたというのでしょう。五坪《つぼ》ほどのせまい部屋の中は、まったく、からっぽでした。人のかくれるような場所《ばしょ》もないのです。ああ、ほんとうの明智探偵《あけちたんてい》と、にせものの明智探偵は、いったい、どこへいってしまったのでしょう。

「きみたち、ピストルをだして、ここに見はっていてくれたまえ。ふたりだけ、ぼくといっしょに中へはいってみよう。人間が煙《けむり》のように消《き》えてしまうなんて、考えられないことだ。どっかに、かくれているにちがいない。さがすんだ。」

中村警部は、そういって、さきに立って、ドアのすきまから中へはいっていくのでした。

大《だい》秘《ひ》密《みつ》

それと同じときでした。

部屋《へや》の中には、明智《あけち》探偵《たんてい》と、明智にばけた四十面相《めんそう》とがむかいあって、立ちはだかっていました。四十面相は、部屋のおくのほうに、明智探偵は、ドアに背中《せなか》をむけて、じっと、にらみあっていたのです。

オヤッ、なんだかへんですね。中村警部《なかむらけいぶ》がすきまのできたドアから、部屋の中をのぞいたときには、そこには、だれもいなかったではありませんか。それなのにその同じときに、明智探偵と四十面相は、ちゃんと、そこに立っていたのです。

作者《さくしゃ》が、でたらめを書いているのでしょうか。いや、けっして、そんなことはありません。両方《りょうほう》とも、ほんとうなのです。読者《どくしゃ》のみなさん。これはいったいどうしたわけなのでしょう。そんなばかなことは、ありっこないと考えるでしょうね。ところが、じっさい、そういうことがおこったのです。おわかりですか？　よく考えてみてください。そこには、びっくりするような、ひとつの秘密《ひみつ》があったのです。

さっきまで、ゆれつづけていたあの地震《じしん》は、いつのまにか、ぴったりととまっていました。

どこかで、かすかに、人の叫《さけ》ぶ声がしたようです。それから、どしん、どしんと、なにかがぶっつかる音、めりめりと、板《いた》のわれる音、しかし、それが、ひどく遠いところから聞こえてくるのです。さすがの明智探偵《あけちたんてい》も、それらのもの音が、なにを意味《いみ》するのか、さとることができませんでした。

そのとき、にせ明智の四十面相《めんそう》は、なにを思ったのか、つかつかとドアのほうに近づいて、持っていたかぎを、ドアのかぎ穴《あな》にさしこみました。

「おい、きみは、なにをするのだ。」

明智探偵がおどろいて、たずねますと、四十面相はあざ笑《わら》って、

「部屋《へや》の外へ出るのさ。もう、きみの顔《かお》も見あきたからね。」

「エッ、なんだって？　そのドアの外には、警官隊《けいかんたい》がつめかけているんだぜ。きみはそこへ出て、はやくつかまりたいというのか。」

「うん、おれはつかまりたいんだよ。だが残念《ざんねん》ながら、つかまりっこないね。おれは魔法《まほう》をこころえているんだからね。じゃあ、あばよ。」

そういったかとおもうと、いきなりドアをひらいて、外にとびだし、また、バタンと、ドアをしめてしまいました。それが、あまりすばやかったので、明智探偵は、うっかり部《へ》

屋《や》の中にとりのこされたのです。

しかし、あわてることはありません。外には警官隊《けいかんたい》が見はっているのですから、四十面《めん》相《そう》のやつ、たちまち、つかまってしまったにちがいありません。

そのようすを見ようと思って、ドアをおしましたが、外からかぎをかけたとみえて、びくとも動《うご》かないのです。

明智《あけち》は「オヤッ」と思いました。なんだか、ようすがへんです。いきなりドアをたたいて、外へ声をかけました。

「中村君《なかむらくん》、いま、外へ出たやつが犯人《はんにん》だ。ぼくとそっくりの顔《かお》をしているが、にせものだ。おい、中村君、そいつは怪人《かいじん》四十面相《めんそう》だ。わかったか……」

ところが外からは、なんの返事《へんじ》もありません。しいんと、しずまりかえっています。いよいよへんです。廊下《ろうか》にはおおぜいの警官《けいかん》がいるのですから、とっくみあいの音が聞こえてくるはずです。それが、まるで死《し》んだようにしずかなのは、いったいどうしたわけなのでしょう。

こちらは中村警部《なかむらけいぶ》の一隊《いったい》です。ドアをおしやぶって、警部とふたりの警官が、部屋《へや》の中へふみこみました。

かんたんなイスとテーブルと、部屋《へや》のすみに、かざり棚《だな》がおいてあるぐらいのもので、どこにも人間のかくれられそうな場所《ばしょ》もありません。

中村警部《なかむらけいぶ》たちは、キツネにつままれたような気持ちで、ぼんやりと、部屋の中を見まわしていました。

すると、とつぜん、部屋の中がまっ暗《くら》になってしまいました。

「アッ、停電《ていでん》だ。」

外の廊下《ろうか》からも、警官《けいかん》たちの声が聞こえてきました。廊下の電灯《でんとう》も消《き》えてしまったのです。あたりは、真《しん》の闇《やみ》でした。

そのときです。部屋のすみの天井《てんじょう》の近くに、ボウッと白くひかるものが、あらわれたではありませんか。

人間の頭《あたま》ほどの大きさの、まるいものです。それにまっ赤《か》なものが、三つ、ついていました。二つは目、一つは口です。大きなまっ赤にひかる目が、じっと、こちらをにらんでいました。耳までさけた口が、いまにも火を吹《ふ》きそうに赤くもえています。

「アッ、夜光怪人《やこうかいじん》だッ。」

警官のひとりが、ふるえ声で叫《さけ》びました。

「エヘヘヘヘヘ……」

身《み》の毛もよだつ、笑《わら》い声《ごえ》。夜光怪人《やこうかいじん》が笑っているのです。

「かまわないッ！　ピストルだッ！」

闇《やみ》の中から、中村警部《なかむらけいぶ》がどなりました。

ふたりの警官《けいかん》のピストルが、恐《おそ》ろしい音をたてて、赤い火を吹《ふ》きました。

空中《くうちゅう》の白くひかる顔《かお》が、ぐらぐらとゆれました。たしかに一発《ぱつ》は命中《めいちゅう》したのです。しかし、怪人はへいきです。

「エヘヘヘヘ……」

と、ものすごい笑い声をたてて、まっ赤《か》な日をむいた顔が、サアッと、こちらへとびついてきます。

またピストルが火を吹きました。しかし、相手《あいて》はへいきです。めちゃめちゃに空中をとびまわりながら、きみの悪《わる》い笑い声をたてているのです。

怪物《かいぶつ》はピストルのたまがあたっても、死《し》なないことがわかりました。おばけは、死ぬということがないのかもしれません。

「だれか、懐中電灯《かいちゅうでんとう》を持っていないか。」

中村警部が、大きな声でどなりました。

その声におうじて廊下《ろうか》から、光がさしてきました。三人の警官が懐中電灯をつけて、こちらへはいってくるのです。

その三本の光が、夜光怪人《やこうかいじん》のとんでいる天井《てんじょう》へむけられました。

オヤッ、なんにもいないではありませんか。

さっきまで、赤い目をむいてとんでいた怪物《かいぶつ》の顔《かお》が、もう、影《かげ》も形《かたち》もありません。どこかへ消《き》えてしまったのです。

ふしぎは、いよいよ、くわわるばかりです。さっきは明智探偵《あけちたんてい》と四十面相《めんそう》が、かき消《け》すように消えたかとおもうと、こんどは、夜光怪人の首がなくなってしまったのです。

銀色《ぎんいろ》にひかる首の下には、むろん黒いシャツでつつんだ人間のからだがあるはずです。そのからだもろとも、消えうせたのです。窓《まど》のない部屋《へや》、たった一つのドアの外には、警《けい》官隊《かんたい》ががんばっています。ですから、逃《に》げ道は、どこにもないのです。いったい、どうして消えうせたのでしょうか。

ふしぎにつぐふしぎ、ここはまるでおばけ屋敷《やしき》です。

あらわれた名探偵《めいたんてい》

そのとき、あたりがパッと、真昼《まひる》のように明るくなりました。電灯《でんとう》がついたのです。

その光で、もう一度部屋《どへや》の中をしらべてみましたが、どこにも、あやしいところはありません。明智探偵《あけちたんてい》と四十面相《めんそう》と、それから夜光怪人《やこうかいじん》の三人は、すこしのすきまもない部屋の中から、完全《かんぜん》に消《き》えうせたことが、はっきりとわかりました。

しばらくすると、廊下《ろうか》のほうから、

「アッ、明智先生《あけちせんせい》！」

という声が聞こえ、警官《けいかん》たちのざわめきがおこりました。

その声に、中村警部《なかむらけいぶ》たちが廊下へとびだしてみますと……。

ごらんなさい、むこうから名探偵明智小五郎《めいたんていあけちこごろう》が、ゆうゆうと歩いてくるではありませんか。

警官たちが、左右に道をひらいた中を、明智探偵は、にこにこしながら、こちらへやってきました。

「おお、明智君《あけちくん》、きみはいったい、どこへいっていたのだ。どうして、この部屋をぬけだすことができたんだ。」

中村警部が、明智を出むかえながら、ふしぎそうにたずねました。

「じつに、恐《おそ》ろしい奇術《きじゅつ》だ。四十面相でなければ、できないことだ。」

明智探偵は、感心《かんしん》したようにつぶやくのでした。

「エッ、四十面相《めんそう》だって?」

警部《けいぶ》が、びっくりして聞きかえします。

「ああ、きみにはまだ、いっていなかったね。ぼくにばけて、白玉《はくぎょく》をぬすみだしたやつは、じつは怪人《かいじん》四十面相《めんそう》なのだ。四十面相でなくては、あんなにうまくばけられるはずはない。」

「エッ、それじゃあ、こんども四十面相のしわざだったのか。ちくしょう、また世間《せけん》をさわがせる気だなッ。それで、きみは、あいつをつかまえたのか。」

「いや、残念《ざんねん》ながら逃《に》げられてしまった。あいつはおくの手があるといったが、まさか、こんな大じかけなおくの手とは、夢《ゆめ》にも思わなかったのでね。」

「じゃあ、逃げたんだな。どこへ逃げたんだ。すぐに、追《お》っかけなけりゃあ。」

「いや、もう追っかけても、まにあわない。それに、ぼくのほうにも、もうひとつおくの手があるんだ。そこから知らせがあるまでは、さわいでもしかたがない。それよりも、ぼくたちが、どうしてこの部屋《へや》から消《き》えたのか、その秘密《ひみつ》をお目にかけよう。」

明智《あけち》はそういって、ひとりで部屋の中へはいると、ドアをもとのとおりになおして、入り口をふさぐようにさしずをしました。

「いいかい、三分たったら、このドアをあけるんだよ。それまでは、みんな廊下《ろうか》で待っていてくれたまえ。いま四十面相《めんそう》の大秘密《だいひみつ》を、といてみせるからね。」

やぶれたドアをなおして、入り口がふさがれました。

中村警部《なかむらけいぶ》は、なにがなんだかわけがわかりませんが、ともかく腕時計《うでどけい》とにらめっこをして、三分がたつのを待ちました。

やっと三分がすぎたので、待ちかねて、ドアをひらかせてみますと、アッ！　これはどうでしょう。部屋《へや》の中は、また、からっぽになっていたではありませんか。

「明智君《あけちくん》、どこへかくれたのだ。おい、明智君……」

警部は、大きな声でどなりました。すると、どこか遠くのほうから、かすかに明智の声が聞こえてきました。

「おうい、中村君《なかむらくん》、もう一度《ど》、ドアをしめるんだ。そしてまた、三分したらあけてみたまえ。」

同じことばが、二度くりかえされました。それで、やっと意味《いみ》がわかったのです。それほど、かすかな声でした。

中村警部は部屋の壁《かべ》を、こつこつ、たたきまわってしらべましたが、どこにも、あやしいところはありません。

明智探偵《あけちたんてい》は、壁《かべ》の中に、かくれているのではないことがわかりました。

そこで警部《けいぶ》は、また廊下《ろうか》に出て、ドアをしめ、腕時計《うでどけい》をにらみはじめました。そして、三分たったときに、もう一度《ど》、ドアをひらきました。

「ハハハハハ……。どうだい、秘密《ひみつ》の種《たね》がわかったかね。」

部屋《へや》の中で、明智探偵《あけちたんてい》が笑《わら》っていたのです。

中村警部《なかむらけいぶ》は「アッ」とおどろいて、あいた口がふさがりません。

「わからないね。いったい、これはどうしたわけなんだい?」

「四十面相《めんそう》でなくてはできない大奇術《だいきじゅつ》さ。その意味《いみ》はね……」

エレベーター

「口で説明《せつめい》するよりも、もう一度やってみよう。こんどは、ドアをしめないでね。そうすれば、この大魔術《だいまじゅつ》の種が、はっきりわかるんだよ。」

明智はそういって、にこにこ笑いながら部屋の中にはいり、おくのほうへいって、靴《くつ》で床《ゆか》のある場所《ばしょ》を、とんと、ふみました。そこに、おしボタンがあるのでしょう。

すると部屋ぜんたいが、スウッと下のほうへ、しずみこんでいくではありませんか。ひらいたドアの上のほうから、コンクリートの壁《かべ》がおりてきて、それが下へ下へと通りすぎてしまうと、そこにあらわれたのは二階《かい》の部屋《へや》でした。

つまり部屋ぜんたいが、大きなエレベーターになっていたのです。さいしょの部屋が地下室《ちかしつ》へおりてしまうと、そのあとへ二階の部屋がきて、ぴったりドアの入り口にあうようにできているのです。

明智探偵《あけちたんてい》のいる部屋は、地下にさがって、だれもいない二階の部屋が、一階へおりてきたわけです。

しばらくすると、こんどは部屋が、ぎゃくに動《うご》きだし、二階が上にあがって、明智の立っている部屋が、下からあらわれてきました。

「なるほど、部屋ぜんたいのエレベーターとは考えたね。」

中村警部《なかむらけいぶ》が、感《かん》じいったようにいいました。

「で、四十面相《めんそう》は逃《に》げてしまったのか。」

「うん、ぼくは、この部屋が地下室へさがっているとは夢《ゆめ》にも知らないものだから、四十面相がドアの外へ出ていくのを、とめもしないで見おくっていた。ドアの外の廊下《ろうか》に、きみたちがいると思いこんでいたのでね。

ところが、部屋は地下室へさがっていたので、ドアの外にはだれもいなかった。四十面相は、そのまま、地底《ちてい》の闇《やみ》の中へ、すがたをくらましてしまった。」

「しかし、この西洋館《せいようかん》のまわりは、警官隊《けいかんたい》がとりまいている。逃《に》げだせば見つかるはずだよ。」

と、中村警部《なかむらけいぶ》が、いぶかしげに口をはさみました。

「警官隊がいるのは、この建物《たてもの》の塀《へい》の中だろう。ところが地下室《ちかしつ》の出入り口は、塀の外の、ずっと遠いところにあるかもしれないからね。」

「エッ、それじゃ、地下道が、屋敷《やしき》の外へ通じているというのか。」

「でなければ、いまごろは、警官隊につかまっているはずだからね。

しかし、ぼくのほうにも、おくの手があるんだよ。それは小林少年《こばやししょうねん》だ。小林君《こばやしくん》はチンピラ隊《たい》の子どもたちをつれて、この西洋館の塀の外の原っぱを、ぐるぐる見まわっている。そして、あやしいやつを見つけたら、尾行《びこう》して、いくさきをつきとめることになっている。いまは、その小林君の報告《ほうこく》を待つばかりだよ。」

「うん、そうか。小林君ならぬかりはないだろう。うまく尾行してくれればいいがね。

……それにしても、もうひとつ、わからないことがあるよ。さっき、ぼくらがドアをやぶって、この部屋《へや》へとびこむと、電灯《でんとう》が消《き》えて、夜光人間《やこうにんげん》の顔《かお》が、部屋の中をとびまわった。

それが、懐中電灯《かいちゅうでんとう》をつけて照《て》らしてみると、もう、どこにもいないのだ。消《き》えうせてしまったのだ。ドアから出ていったはずはない。そこには、いっぱい警官《けいかん》がいたんだからね。といって、ドアのほかには、人間の出られるようなすきまは、どこにもないのだ。明智君《あけちくん》、きみは、このふしぎをとくことができるかね。」

中村警部《なかむらけいぶ》のことばに、明智探偵《あけちたんてい》は部屋《へや》の中にはいって、天井《てんじょう》を見まわしていましたが、なにを見つけたのか、にこにこして警部を手まねきしました。

「ほら、あすこを見たまえ。さしわたし二センチほどのまるい穴《あな》がある。夜光人間《やこうにんげん》はあそこからとびだしてきて、また、あそこからもどっていったのだよ。」

「エッ、なんだってあんな小さな穴から、人間が出入りできるというのか。」

中村警部はびっくりして、明智の顔《かお》を見つめました。

「人間は出入りできない。しかし、ビニールの風船玉《ふうせんだま》なら出入りできるよ。四十面相《めんそう》というやつは、『*青銅《せいどう》の魔人《まじん》』いらい、風船《ふうせん》をつかうくせがあるから、こんども、その手にちがいない。ビニールで夜光人間の首だけをつくって、しぼませたまま、あの天井の穴から下へだし、息《いき》を吹《ふ》きこんでふくらませ、それをひもで、ぶらんぶらんと動《うご》かしてみせたんだよ。

むろん顔には、いちめんに夜光塗料《やこうとりょう》をぬり、目と口には赤い豆電球《まめでんきゅう》をつけてね。天井に乾電池《かんでんち》をおいて、そこからコードが、豆電球につながっているのさ。

＊シリーズ第5巻

それから、この首を消《け》すときには、空気をぬいてしぼめたビニールを、あの穴《あな》から、ぬきだせばいいのだから、わけはない。四十面相《めんそう》の手下《てした》が、天井《てんじょう》の上にかくれていて、夜光《やこう》人間《にんげん》の首を、あやつったのにちがいないね。四十面相というやつは、こういう手品《てじな》が大すきだ。とほうもない魔術《まじゅつ》を考えだして、世《せ》間《けん》をさわがせるのが、なによりもうれしいのだから、こまったやつさ。」

明智探偵《あけちたんてい》は、そういって、にが笑《わら》いをするのでした。

白ひげのおじいさん

お話かわって、こちらは小林少年《こばやししょうねん》が四人のチンピラ隊員《たいいん》といっしょに、西洋館《せいようかん》の外の原っぱの草の中に、寝《ね》そべっていました。

そこに地下道の入り口を発見《はっけん》したからです。くさむらの中に、ぽっかりと穴があいていました。いつもは、大きな石でふたがしてあるらしく、その石が、そばにころがっているのです。なぜ、ふたがひらいてあるのでしょう。もしかしたら、四十面相は、ここから逃《に》げだすつもりではないでしょうか。

小林君《こばやしくん》は懐中電灯《かいちゅうでんとう》で、その穴の中を照《て》らしてみました。石の階段《かいだん》が、ずっと下のほうへつづいています。たしかに地下からの出口です。

そこで懐中電灯《かいちゅうでんとう》を消《け》して、四人のチンピラといっしょに、穴《あな》のそばの草の中に寝《ね》ころんで、待ちぶせすることにしました。

このへんは、さびしい場所《ばしょ》なので、商店《しょうてん》のネオンなども見えず、自動車《じどうしゃ》のひびきも聞こえず、空を見あげると、おどろくほどたくさんの星《ほし》が、砂《すな》をまいたように美しくひかっています。

それから、長い長いあいだ、しんぼうづよく待ちぶせしていましたが、そのかいがありました。穴の中から、何者《なにもの》かが、ヌウッと出てきたからです。

明智探偵《あけちたんてい》にばけた四十面相《めんそう》かと思うと、そうではありません。穴からはいだしてきて、ステッキを力に、よろよろと立ちあがったのは、恐《おそ》ろしく年をとったおじいさんでした。

闇《やみ》に目がなれているので、星あかりで、そのすがたがかすかに見えます。しらが頭《あたま》に、胸《むね》までたれたふさふさした白ひげ、背広《せびろ》を着《き》て、ステッキをついているのですが、腰《こし》がふたつにおれたようにまがっています。

「ははあ、四十面相のやつ、こんなじいさんにばけて逃《に》げだすつもりだな。」

小林君《こばやしくん》はそう思って、四人のチンピラに、尾行《びこう》をはじめるというあいずをしました。

白ひげのおじいさんは、原っぱを、チョコチョコと歩いていきます。そんなに腰のまがったおじいさんにしては、なかなか足が速《はや》いのです。

原っぱを出ると、なにかの工場のコンクリート塀《べい》が、ずっとつづいています。街灯《がいとう》もすくなく、恐《おそ》ろしく暗《くら》い町です。

白ひげのおじいさんは、その町を、テクテクと歩いていきましたが、まがり角にくると、ヒョイとうしろをふりむきました。

小林君《こばやしくん》たちは、コンクリート塀にくっつくようにして、尾行《びこう》していましたから、見つかるはずはないと思いましたが、それでも、なんとなくきみが悪《わる》いので、立ちどまったまま、身動《みうご》きもしないでいました。

白ひげのおじいさんは、じっとこちらを見て、なにか、ぶつぶつと口の中でつぶやいていましたが、やがて、

「エへへへへ……」

と、うすきみの悪い笑《わら》い声《ごえ》をたてて、そのまま、またむこうへ歩きだすのでした。

どうも気づかれたようです。おじいさんにばけた四十面相《めんそう》は、小林君たちの尾行を気づいて、あんなきみの悪い笑い声をたてたのかもしれません。

しかし、たとえ気づかれても、尾行をよすわけにはいかないので、小林君たちは、なおも、白ひげのおじいさんのあとをつけていきました。

工場のコンクリート塀《べい》をすぎると、神社《じんじゃ》の森がありました。おじいさんは、その森の中へはいっていきます。少年たちも、あとにつづきました。

石のとりいをくぐって、しばらくいきますと、社殿《しゃでん》の前に、石のコマイヌが石の台の上に、ぶきみな猛獣《もうじゅう》のようにうずくまっていました。

白ひげのおじいさんは、そこをとおりすぎて、社殿の裏《うら》の深《ふか》い森の中へはいっていきます。少年たちは、ますますきみが悪《わる》くなってきましたけれど、逃《に》げだすわけにはいきません。

「エヘヘヘヘ……。」

気がつくと、白ひげのおじいさんが、こちらをむいて、いやな声で笑《わら》っていました。少年たちはおもわず立ちどまりましたが、相手《あいて》に気づかれたことは、もう、うたがう余地《よち》はありません。

「エヘヘヘ……、そこにいるのは小林君《こばやしくん》だね。それから、チンピラ隊《たい》の子どもたちだね。おれをつけてきたのは感心《かんしん》だ。よくあの地下道の口に気がついた。で、きみたちは、おれの正体を知っているのかね。知らなければ、いま、見せてやろう。ほら、これがおれの正体だッ。」

いったかとおもうと、おじいさんのからだが、パッと木の幹《みき》にかくれ、そこから、青白くひかるものが、スウッと浮《う》きだしてきました。

夜光人間《やこうにんげん》の首です。

青白くリンのようにひかる顔《かお》、巨大《きょだい》なまっ赤《か》な目、赤くもえている口、あの恐《おそ》ろしい夜光人間の首です。

星の世界へ

夜光の首は、赤い目をかがやかせ、もえる口をひらいて、まっ暗《くら》な森の中を、あちこちととびあるきながら、ケラ、ケラ、ケラと、あのものすごい笑《わら》い声《ごえ》をたてました。

「おれは明智《あけち》をだしぬいてやった。警官隊《けいかんたい》もだしぬいてやった。そして、いまは、きみたちを、アッといわせるのだ。あの地下道の出口には、警官隊が見はっていると思った。その警官たちを、アッとおどろかせる魔法《まほう》を考えておいたのだ。

ところが、あそこに待ちぶせしていたのは警官隊でなくて、きみたちばかりだった。きみたちチンピラでは、いささか相手《あいて》にとってふそくだが、しかたがない。いま、そのおどろくべき魔法を見せてやる。帰ったら、明智探偵《あけちたんてい》に、ちゃんと報告《ほうこく》するんだぞ。」

夜光の首が、みょうなしわがれ声で、そんなことをいいました。

そして、しばらくのあいだひかる首ばかりが、木のあいだをふわふわとと とんでいましたが、森の中でもいちばん大きな木の前にとまると、胸《むね》から腹《はら》、腹から腰《こし》、腰から足と、だんだんと、銀色《ぎんいろ》にひかる全身《ぜんしん》を、あらわしていくのでした。

それは、ぴったりと身《み》についた黒シャツと黒ズボンをぬいでいるのだとわかっていても、ピカピカひかるからだがあらわれてくるにつれて、なんともいえぬぶきみさに、心の底《そこ》から、ゾーッとしないではいられないのです。

リンのようにひかるからだが、すっかりあらわれ、大きな木の下に、またをひらいて、すっくと立ちました。

「おい、小林君《こばやしくん》、おれがいま、どんなはなれわざをやるか、よく見ているがいい。そして、そのありさまを明智君《あけちくん》につたえるのだ。

おれは、ひとまず、ここを逃《に》げだすけれども、すぐにまた、きみたちの前にあらわれる。そして、美術品《びじゅつひん》を集《あつ》めるのだ。これがおれのたのしみだからね。おれの美術館《びじゅつかん》がいっぱいになるまでは、このたのしみをやめないつもりだ。明智君《あけちくん》に、そうつたえてくれ。いまにまた、知恵《ちえ》くらべをやりましょうってね。」

夜光怪人《やこうかいじん》は、そういいながら、スウッと木の上にのぼりはじめました。

いつものとおりです。木のてっぺんから綱《つな》がさげてあって、それをのぼるのだとわかっていても、銀色《ぎんいろ》にかがやくはだかの男が、まっ暗《くら》な木の上へのぼっていくすがたは、なんともいえぬ異様《いよう》なものでした。

とうとう、高い木のてっぺんまで、のぼりつきました。いつもは、そのてっぺんで、黒シャツと黒ズボンをはき、黒い覆面《ふくめん》をして、すがたを消《け》してしまうのです。そして、空へのぼったように見せかけるのですが、今夜はちがっていました。

いつまでたっても、銀色のすがたは消《き》えません。消えないばかりか、なにかしらへんなことが、はじまったのです。

ぶるるん、ぶるるん、ぶるるん……と、みょうな音が聞こえてきました。木のてっぺんから聞こえてくるのです。

「アッ、とんでる、とんでる……」

チンピラのひとりが、とんきょうな声をたてました。

たしかに、とんでいるのです。銀色の夜光怪人《やこうかいじん》のからだは、木のてっぺんをはなれて、星空《ほしぞら》たかく舞《ま》いあがっていくのです。

砂《すな》をまいたような星空を、赤い目をかがやかせ、口からほのおをはいた銀色の人間が、スウッとのぼっていくのです。まるで童話《どうわ》のさしえでも見ているような、夢《ゆめ》のようなけしきでした。

夜光怪人《やこうかいじん》は、羽《はね》もないのに、どうして空へのぼっていくのでしょう。なにか、しかけがあるのでしょうか。

読者諸君《どくしゃしょくん》は、「*宇宙怪人《うちゅうかいじん》」の事件で、二十面相《めんそう》が、空をとんだことをおぼえているでしょう。あれはヘリコプターのプロペラのようなものを、小さい発動機《はつどうき》につけて、背中《せなか》にしょっていたのです。そういう機械《きかい》を発明《はつめい》したフランス人から、二十面相が買いいれて、宇宙人にばけたのでした。

夜光怪人は、あれと同じ機械を、木のてっぺんにかくしておいて、それを背中にくくりつけてとんだのかもしれません。

いずれにしても、銀色《ぎんいろ》にひかる人間のからだが、ふわりふわりと、星の世界《せかい》へのぼっていく光景《こうけい》は、じつにみごとなものでした。

そのすがたが、だんだん小さくなっていきます。はじめは一メートルほどに見えたのが、五十センチになり、三十センチになり、十センチになり、そして、いちめんの星の世界へ、とけこんでしまいました。

小林少年《こばやししょうねん》と三人のチンピラ隊員《たいいん》は、夢見《ゆめみ》ごこちで星空を見あげていました。夜光怪人の銀色のすがたが、星とまちがえるほど小さくなって、星のあいだに消《き》えてしまっても、そこに立ちつくしたまま、ぼうぜんとしていました。

* シリーズ第9巻

しかし、いつまでも、そうしているわけにはいきません。小林少年《こばやししょうねん》は、やっと正気《しょうき》づいたように、三人のチンピラをうながして、四十面相《めんそう》の西洋館《せいようかん》にひきかえすのでした。

西洋館へはいってみると、明智探偵《あけちたんてい》も、中村警部《なかむらけいぶ》も、まだそこにいて、小林君《こばやしくん》の知らせを待っていました。

「あ、小林君、どうだった？　あいつの逃《に》げだすのを見なかったか。」

明智探偵が、まずそれを聞きました。

「ええ、うしろの原っぱに、地下道のぬけ穴《あな》があります。あいつは、白ひげのおじいさんにばけて、そこから出てきました。むろん、ぼくたちは、そのあとをつけましたが、神社《じんじゃ》の森の中で逃げられてしまいました。あいつは木のてっぺんから、空へ舞《ま》いあがったのです。宇宙怪人《うちゅうかいじん》のときと、そっくりのとびかたでした。

空へ逃げられてしまっては、どうすることもできないので、ぼくたちは、そのまま帰ってきたのです。」

「いや、そこまで見とどければ、じゅうぶんだよ。ごくろうさん。あいつはぼくを、その森の中へおびきよせたかったのかもしれない。そして、ぼくの目の前で、空へとんでみせたかったのだろう。じつに、芝居気《しばいぎ》たっぷりなやつだからね。」

水中の怪光《かいこう》

二、三年前、あるフランス人が、ヘリコプターのプロペラのようなものを背中《せなか》にしょって、空をとぶ発明《はつめい》をしたことが新聞にのっていましたが、四十面相《めんそう》は『宇宙怪人《うちゅうかいじん》』の事件《じけん》のとき、それと同じようなプロペラを身《み》につけて、たびたび空をとんでみせました。

こんども、そのプロペラなのです。四十面相の夜光怪人《やこうかいじん》は、木のてっぺんに、かくしておいた飛行具《ひこうぐ》を身につけて、星空をとんでみせたのです。

こうして夜光怪人は、またもや逃《に》げさってしまいましたが、それから十日ほどたった、ある晩《ばん》のことです。

夜光怪人は、こんどは港区《みなとく》の上山《かみやま》さんというお金持ちの屋敷《やしき》に、そのぶきみなすがたをあらわしました。

上山さんのうちには、小学校六年生の上山一郎《かみやまいちろう》という少年がいました。それが上山さんのひとりっ子なのです。

一郎君《いちろうくん》は、少年探偵団《しょうねんたんていだん》にはいっている勇気《ゆうき》のある少年でした。

その晩、一郎君は、二階《かい》の自分の部屋《へや》で勉強《べんきょう》していましたが、ふと、窓《まど》から広い庭《にわ》をのぞきますと、なんだか青くひかるものが、木の間を、スウッととんだように見えました。

「へんだなあ。だれか懐中電灯《かいちゅうでんとう》を持って、庭《にわ》へはいってきたのじゃないかしら。」

一郎君《いちろうくん》は、勇気《ゆうき》のある少年ですから、すぐに部屋《へや》を出て、階段《かいだん》をおり、庭にとびだしてみました。

さっき光の動《うご》いていた木立《こだ》ちの中へ、はいっていきましたが、あたりはまっ暗《くら》で、もうなんの光も見えません。

しばらく、暗闇《くらやみ》の中に立ちどまって、耳をすましましたが、あやしいもの音も聞こえません。

「おや、あれはなんだろう?」

木立ちのむこうに池があります。その池の水面《すいめん》が、ボウッと青くひかっているのです。

一郎君は、池のそばへいってみました。

水の中に、なにかひかるものがしずんでいるではありませんか。

岸《きし》にしゃがんで、水の中をのぞきますと、さすがの一郎君も、まっ青《さお》になって、ふるえあがってしまいました。

池の底《そこ》に、人間のすがたをした青くひかるものが、よこたわっていたのです。そいつが、首をねじむけて、一郎君のほうをにらみました。

ああ、その顔《かお》！

まっ赤《か》にひかる三センチほどあるまんまるな目、耳までさけたまっ赤な口、その恐《おそ》ろしい顔が、水の中から、じろっと一郎君《いちろうくん》をにらみつけたのです。

「アッ、夜光怪人《やこうかいじん》だッ！」

一郎君は、おもわずそう叫《さけ》んで、うちのほうへかけだしました。そして、おとうさんの書斎《しょさい》へはいると、

「たいへんです。夜光怪人が、庭《にわ》の池の中にいます。」

と、いきせききって知らせました。

夜光怪人と聞くと、おとうさんもびっくりして、それをたしかめるために、ひとりの書《しょ》生《せい》*をつれて庭に出ていきました。

そして、懐中電灯《かいちゅうでんとう》を照《て》らしながら、池のまわりを、ぐるっとまわってみましたが、青くひかる人間のすがたなんて、どこにもありません。

夜光怪人は、かってに、自分のからだの光を消《け》すことはできないでしょうから、池の中にいれば、かならず見えるはずです。

おとうさんと書生とは、なお、そのへんの木立《こだ》ちの中を、よくしらべましたが、べつにあやしいこともありませんでした。

＊他人の家のせわになって、家事を手つだい勉強する人

「一郎《いちろう》、おまえは少年探偵団《しょうねんたんていだん》なんかにはいっているので、いつも夜光怪人《やこうかいじん》のことばかり考えている。それで、まぼろしを見たんだよ。もう探偵のまねなんか、よすんだね。」

おとうさんは、そういって、一郎君《いちろうくん》をたしなめました。

しかし、あれがまぼろしだったのでしょうか。一郎君は、どうしても、そうは思えないのです。すきとおった池の水の中に、ゆらゆらゆれながら、青くひかる人間がよこたわっていました。目と口だけがまっ赤《か》な人間です。

一郎君は、その美しさをわすれることができません。その晩《ばん》は、水の中によこたわっている夜光怪人の夢《ゆめ》を見ました。

おきていても、ふと目をつぶると、まぶたのうらに、あの青い人間のすがたが、スウッと浮《う》かんでくるのです。

そのあくる日は、空が黒雲《くろくも》にとざされた、うす暗《ぐら》い日でした。

一郎君が学校から帰って、おとうさんの書斎《しょさい》へはいっていきますと、おとうさんはデスクの前に立って、ゾウッとしたような顔《かお》で、壁《かべ》のだんろを見つめていました。その書斎は、窓《まど》が小さくて、うす暗い広い洋室《ようしつ》でした。

一郎君も、おもわずそのだんろに目をやりました。いまは火をもやしていないだんろのおくに、青いまるいものが、ぶらさがっていました。

青くひかるまるいものに、三つのまっ赤《か》なところがあります。

なんだか、えたいの知れないものでした。

アッ、夜光怪人《やこうかいじん》だッ！

一郎君《いちろうくん》は、やっとそこへ気がつきました。怪人の顔《かお》が、だんろの中にさかさまにさがって、口が上になり、目が下になっていたので、えたいの知れないものに見えたのです。

おとうさんも一郎君も、それが夜光怪人とわかると、立ちすくんだまま身動《みうご》きもできません。

目はくぎづけになったように、じーっとだんろの中の怪物《かいぶつ》を見つめているのです。

すると怪物は、スウッと、だんろの煙突《えんとつ》のほうへあがっていって、見えなくなってしまいました。

おとうさんと一郎君は、やっと、呪文《じゅもん》をとかれたみたいに、からだが動くようになりましたので、すぐに、だんろのそばへいって、中に首をつっこむようにして、上をのぞいてみました。だが、ぜんたいにまっ暗《くら》で、青くひかるものなど、どこにも見えないのでした。

「やっぱり、一郎のいったことは、ほんとうだった。夜光怪人は、このうちを、ねらいはじめたんだ。」

おとうさんは、そういって、じっと一郎君の顔を見るのでした。

「ねえ、おとうさん、やっぱり明智先生《あけちせんせい》にたのみましょうよ。ね、いいでしょう。」

一郎君《いちろうくん》は、少年探偵団員《しょうねんたんていだんいん》ですから、明智探偵《あけちたんてい》が、いちばんえらいと思っているのです。

「うん、すぐに明智先生に電話をかけて、きていただこう。むろん警察《けいさつ》にも知らせるけれども、まず明智先生に相談《そうだん》してからだ。」

おとうさんは、そこの卓上電話《たくじょうでんわ》のダイヤルをまわして、明智探偵事務所《あけちたんていじむしょ》をよびだしました。

「明智先生はおいでになりますか。」

「おでかけになっています。きょうは、お帰りがおそいかもしれません。」

「ああ、そうですか。で、あなたは、どなたです？」

「ぼく、助手《じょしゅ》の小林《こばやし》です。」

「おお、小林君《こばやしくん》ですか。わたしは上山《かみやま》というものですが、至急《しきゅう》、ご相談《そうだん》したいことがあるのです。明智先生がおいでにならなければ、あなた、きてくれませんか。あなたの手がら話は、ずいぶん聞かされていますよ。あなたなら信用《しんよう》します。ぜひ、きてください。」

「いったい、どんなご用件《ようけん》なのですか。」

「夜光怪人《やこうかいじん》です！」

上山さんは、受話器《じゅわき》に口をつけるようにして、ささやき声でいいました。

「エッ、夜光怪人《やこうかいじん》ですって？」

小林少年《こばやししょうねん》のびっくりした声。

「そうです。あいつが、わたしのうちにあらわれたのです。わたしの持っている美術品《びじゅつひん》を、ねらっているにちがいありません。」

「では、すぐにまいります。住所《じゅうしょ》をおしえてください。」

そこで上山《かみやま》さんは、住所をくわしくおしえたあとで、つけくわえました。

「チンピラ隊《たい》のポケット小僧《こぞう》というのが有名《ゆうめい》ですね。あの子もいっしょに、つれてきてくださると、ありがたいのですがね。わたしは、あの子にも、一度《ど》あいたいと思っていたのですよ。」

「ああ、ポケット君《くん》ですか。しょうちしました。つれていきますよ。あの子は、ぼくの片《かた》腕《うで》ですからね。」

小林少年は、じまんらしく答えるのでした。

古井戸《ふるいど》の底《そこ》

それから一時間ほどのち、上山さんの書斎《しょさい》で、上山さんと、一郎君《いちろうくん》と、小林少年と、ポケット小僧《こぞう》の四人が、テーブルをかこんでこしかけていました。もう日がくれて、書斎《しょさい》には電灯《でんとう》がついているのです。

窓《まど》はぜんぶしめきって、ドアには中からかぎをかけ、壁《かべ》のだんろの前には、さっきの書生《しょせい》が棍棒《こんぼう》を手にして、立ち番をしていました。そこから夜光怪人《やこうかいじん》が、はいってくるといけないからです。

「やつらがねらっているものを、見ておいてもらいましょう。あの金庫《きんこ》にいれてあるのです。いまわたしが、それをだして、ここへ持ってくるから待っててください。」

上山《かみやま》さんは、そういって、イスから立ちあがると、部屋《へや》のすみの小型金庫《こがたきんこ》の前へいって、からだでかくすようにしてダイヤルをまわし、とびらをあけて、むらさきのふくさ*につつんだ小さいものをとりだし、テーブルにもどってきました。

そして、むらさきのふくさをひらきますと、中から二十センチほどの、ほそながい桐《きり》の箱《はこ》が出てきました。

「さあ見てください。これがわたしのうちの家宝《かほう》です。むかし中国《ちゅうごく》からわたってきたもので、ヒスイばかりを組みあわせてつくった三重《さんじゅう》の塔《とう》です。」

そういって、桐《きり》の箱《はこ》の中から、それをとりだして、テーブルの上に立ててみせるのでした。

＊絹の小型のふろしき

黒っぽい緑色《みどりいろ》の、つやつやとした、かわいらしい三重《さんじゅう》の塔《とう》です。高さは十五センチほどしかありません。

「きみたちには、この値《ね》うちはわからないだろうが、一千万円*もする美術品《びじゅつひん》です。夜光怪人《やこうかいじん》は、さいしょに推古仏《すいこぶつ》をぬすみ、二度《ど》めには白玉《はくぎょく》の小仏像《こぶつぞう》をうばい、そして、こんどは、このヒスイの塔をねらっているのです。みんなふるい東洋《とうよう》の美術品ばかりです。あいつは、そういうものを集《あつ》めようとしているらしい。」

上山《かみやま》さんは説明《せつめい》をおわると、ヒスイの塔を桐箱《きりばこ》にいれ、ふくさでつつんで、もとの金庫《きんこ》におさめました。

「このダイヤルの暗号《あんごう》は、わたしのほかには、だれも知らないのです。いくら夜光怪人でも、その金庫をひらくことはできませんよ。」

上山さんは、もとの席《せき》にもどって、自信《じしん》ありげにいうのでした。

そのときです。

「アッ!」

と叫《さけ》んで、小林少年《こばやししょうねん》が、イスから立ちあがりました。そして、むこうの窓《まど》を見つめていました。

みんなが、そのほうを見ました。

＊現在の約一億円

窓《まど》のガラスのすぐむこう側《がわ》に、夜光《やこう》の首が、さかさまに、さがっているではありませんか。

まっ赤《か》な口が上になり、まっ赤な目が下についています。二階《かい》からぶらさがって、顔《かお》だけで、窓の上のほうからのぞいているのです。

「よしッ、ピストルで、うちころしてやる。」

上山《かみやま》さんは、デスクのところへ走っていって、そのひきだしからピストルをとりだすと、いきなり窓の首にむかって、ひきがねをひきました。

ガチャンと恐《おそ》ろしい音がして、窓ガラスがわれ、そこに大きな穴《あな》があきましたが、夜光の首は、スウッと上のほうへかくれてしまって、べつに、きずついたようすもありません。

部屋《へや》の中の四人は、身動《みうご》きもしないで立ちつくしていました。

そのとき、

「ケ、ケ、ケ、ケ、ケ……」

という、あやしい鳥のなき声のようなものが聞こえてきました。

「アッ、あすこだッ！」

小林君《こばやしくん》が叫《さけ》びました。

まっ暗《くら》な庭《にわ》の木立《こだ》ちのあいだを、夜光の首が、とんでいるのです。首ばかりでなく、胴《どう》体《たい》もついているのでしょうが、それは、黒いシャツでかくされていて見えないのです。首ばかりが、宙《ちゅう》をとんでいるように見えるのです。青くひかる顔《かお》、まっ赤《か》な目、火を吹《ふ》きそうなまっ赤な口、その首が、「ここまでおいで」といわぬばかりに、ふわりふわりと、闇《やみ》の中をただよっていくのです。

「ちくしょうめ！　からかっているんだな。よしッ、ひっとらえてやるぞ。みんなも、ついてきたまえ。」

上山《かみやま》さんは、いきなり窓《まど》をひらくと、まっ暗《くら》な庭《にわ》へとびだしていきました。手には、さっきのピストルをにぎっています。

小林君《こばやしくん》も、ポケット小僧《こぞう》も、一郎君《いちろうくん》も、書生《しょせい》も、つぎつぎと窓をのりこして、はだしで庭におり、上山さんのあとにつづきました。

夜光の首は、「ケ、ケ、ケ、ケ……」という、あのあやしい笑《わら》い声《ごえ》をたてながら、ふわふわと、むこうへ逃《に》げていきます。

上山さんは、どこまでも追《お》っかけていきます。三人の少年と書生も、夢中《むちゅう》になって走るのです。

木立《こだ》ちのあいだを、あちこちとくぐりながら、とうとう、庭のはずれまできてしまいました。そこは、築山《*つきやま》のうしろのくさむらで、水のかれた古井戸《ふるいど》のあるところです。

＊庭園に山をかたどって小高く土を盛《も》りあげたところ

夜光《やこう》の首は、その古井戸《ふるいど》の上を、しばらくただよっていましたが、やがて、地面《じめん》の中へ、スウッと消《き》えていってしまいました。

「アッ、古井戸の中へはいった。もう、袋《ふくろ》のネズミだぞッ。」

上山《かみやま》さんは、そうどなって、古井戸に近づき、中をのぞきこみました。

深《ふか》い井戸の底《そこ》に、夜光の首がうごめいているのが見えます。

小林少年《こばやししょうねん》も、ポケット小僧《こぞう》も、こけのはえた井戸側《いどがわ》*1にとりついて、中をのぞいています。

上山さんは、いきなり上着《うわぎ》をぬいで、シャツとズボン下だけになりました。

「きみたちは、ここに待っていたまえ。わたしはおりていって、あいつをつかまえてやる。この井戸の内側《うちがわ》は石崖《いしがけ》*2になっているから、それに足をかけておりられるのだ。」

上山さんはそういって、もう古井戸の中へすがたを消《け》してしまいました。

一郎君《いちろうくん》は、おとうさんが、こんな大胆《だいたん》な人だとは知りませんでした。いつものおとうさんと、まるで、人がかわってしまったようです。

「おおい、井戸の底に、よこ穴《あな》がある。あいつは、そのよこ穴へ逃《に》げこんでしまった。だれか、うちへいって、縄《なわ》をさがして持ってきてくれたまえ。それをつたって、きみたちも、ここへおりてくるんだ。」

井戸の底から、上山さんの声がひびいてきました。

＊1　井戸がくずれないように周りをかこったもの、または地上のかこい　＊2　石垣《いしがき》

「縄《なわ》をさがさなくても、少年探偵団《しょうねんたんていだん》の絹糸《きぬいと》の縄ばしごを持っています。それで、いま、おりていきます。」

小林君《こばやしくん》は、腰《こし》にまいた長い絹ひもをほどいて、そのはしについている鉄《てつ》のかぎを、井戸《いど》側《がわ》にひっかけ、ひもを井戸の中にたらしました。その絹ひもには、三十センチおきに、まるいむすび玉がついていて、それに足の指《ゆび》をかけておりるようになっているのです。

「ぼくと、ポケット小僧《こぞう》だけ、おりていきます。一郎《いちろう》さんは、あぶないから、そこに待っていらっしゃい。書生《しょせい》さん、番をしててください。」

そういいのこして小林君は、もう井戸の中へはいっていきました。小林君が下へおりるのを待って、ポケット小僧も、絹ひもをつたうのです。

小林君が、水のない井戸の底《そこ》におりたときには、上山《かみやま》さんは、もうよこ穴《あな》に、はいっていきました。

「ここだよ。石を組んだトンネルのようなものができている。いつのまに、こんなよこ穴ができたのか、わたしは、すこしも知らなかった。あいつは、このおくへ逃《に》げこんでいった。追《お》いつめて、ひっとらえてやろう。なあに、わたしはピストルを持っているから、だいじょうぶだよ。きみたちも、あとから、ついてきたまえ。」

「ええ、ぼくと、ポケット小僧だけついていきます。それから、ぼくたちふたりとも、万《まん》年筆型《ねんひつがた》の懐中電灯《かいちゅうでんとう》を持っているのですよ。これをおかししますから、照《て》らしながら進《すす》んでください。」

小林君《こばやしくん》はそういって、ポケットから、探偵《たんてい》七つ道具《どうぐ》のひとつの万年筆型懐中電灯《まんねんひつがたかいちゅうでんとう》をとりだし、上山《かみやま》さんにわたすのでした。

よこ穴《あな》は、やっと、おとながはって通れるほどの広さでした。上山さんは右手にピストル、左手に懐中電灯《かいちゅうでんとう》をかざしながら、ぐんぐん、おくのほうへはいっていきます。小林君とポケット小僧《こぞう》も、それにつづきました。

ポケット小僧も、万年筆型懐中電灯をとりだして照らしましたので、あたりは、ぼんやりと明るくなり、よこ穴の石組みが見えてきました。

せまいよこ穴がつきると、そこに、広い洞窟《どうくつ》がありました。立って手をのばしても、天井《てんじょう》にさわらないほど広いのです。

「おどろいたなあ。わたしのうちに、こんな地下道ができているなんて、思いもよらなかった。それにしても、なんのために、こんなものをつくったのかなあ。」

上山さんが、あきれかえって、つぶやきました。

おとし穴《あな》

夜光怪人《やこうかいじん》はどこへいったのか、洞窟《どうくつ》の中はまっ暗《くら》で、なにもいないようです。

三人はその入り口に、からだをくっつけあって、立ちすくんでいました。そして、どこからか怪人の声が聞こえてこないかと、耳をすましていました。

「アッ、あそこにいる。」

上山《かみやま》さんが、おさえつけたような声でいいました。

洞窟のおくのほうに、ボウッとまるい青白いものがあらわれ、その中へ、まっ赤《か》な目と口が浮《う》きだしました。夜光怪人の首です。

スウッと、それが空中をただよって、こっちへ近づいてきます。

「あいつには、からだがあるんだ。黒いシャツを着《き》ているから見えないだけだ。とびかかって、おさえつけるんだ。いいか、そらッ！」

上山さんにつづいて、小林少年《こばやししょうねん》も、ポケット小僧《こぞう》も、夜光の首にとびかかっていきましたが、たちまち三人ともそこへころがされてしまいました。

「ケ、ケ、ケ、ケ……どうだ。つかまえられるなら、つかまえてみるがいい。」

いやらしい声が、洞窟《どうくつ》にこだまして、ひびきました。

小林君《こばやしくん》も、ポケット小僧《こぞう》も、夜光怪人《やこうかいじん》にたおされたとき、ひどく腰《こし》をうったので、きゅうにはおきあがれません。たおれたまま夜光の首を見つめていました。

青白くひかる首は、ツーッと、むこうのほうへ遠ざかっていきましたが、そこで黒いシャツをぬぎはじめたとみえて、銀色《ぎんいろ》の肩《かた》、胸《むね》、腹《はら》、腰、それから、ふともも、足のさきまで、夜光怪人の全身《ぜんしん》があらわれました。

「ケ、ケ、ケ、ケ……、おい、チンピラども、とうとう、おれのわなにはまったな。いまに恐《おそ》ろしいことがおこるから、待っているがいい。」

怪人は、そういったかとおもうと、銀色《ぎんいろ》にひかるからだで、洞窟の中をかけまわりはじめました。

まっ赤《か》な目、まっ赤な口、その口から、ハッ、ハッと、赤いほのおをはきながら、闇《やみ》の中を、めちゃくちゃに走りまわるのです。

三人は、それをよけて、洞窟のすみへすみへと、逃《に》げていきましたが、すると、とつぜん、小林君の足の下の地面《じめん》が消《き》えてなくなってしまいました。

「アッ！」

と叫《さけ》んだときには、深《ふか》い穴《あな》の中へ落《お》ちこんでいました。洞窟のすみに、一坪《つぼ》ぐらいの広さの、おとし穴《あな》がひらいていたのです。深《ふか》さは三メートルもあって、四方は、きり立った壁《かべ》ですから、とてもよじのぼることはできません。

そこへ落《お》ちたのは、小林少年《こばやししょうねん》とポケット小僧《こぞう》だけで、上山《かみやま》さんは、穴の上にいるのです。

「上山さん、助《たす》けてください。おとし穴に落ちてしまったのです。」

小林君《こばやしくん》が叫《さけ》びますと、穴のふちに上山さんの顔《かお》があらわれました。ポケット小僧の持つ万年筆型《まんねんひつがた》の懐中電灯《かいちゅうでんとう》が、その顔を、下からかすかに照《て》らしています。

「きみたちは、いっぱい食《く》ったねえ。」

上山さんが、へんなことをいいました。

「エッ、なんですって？　もう一度《ど》、いってください。」

小林君が、びっくりして聞きかえします。

「そこをよく見たまえ、きみたちのそばに、だれかが、たおれているはずだ。」

上山さんが、また、みょうなことをいいました。

「エッ、どこに？」

小林君とポケット小僧は、懐中電灯で、穴の底《そこ》を照らしてみました。

「アッ、だれか、たおれている。」

かけよってみますと、ひとりの背広《せびろ》すがたの男が、さ、る、ぐ、つ、わ、をはめられ、手足をしばられて、そこにころがっていました。

「上山《かみやま》さん、これ、だれです。」

小林君《こばやしくん》が、穴《あな》の上を見あげてたずねますと、上山さんは、うすきみ悪《わる》く笑《わら》いました。

「ウフフフ……、さるぐつわをとってごらん。だれだかわかるから。」

どうもへんです。なんだか、とほうもないまちがいが、おこっているような気がします。

小林君は、いそいでころがっている男のさるぐつわをとり、懐中電灯《かいちゅうでんとう》で、その顔《かお》を見ましたが、見たかとおもうと、

「アッ！」

と叫《さけ》んで、おもわず逃《に》げごしになりました。

小林君は、恐《おそ》ろしい夢《ゆめ》を見ているのでしょうか。

そこに、ころがっていた男は、上山さんとそっくりの顔をしていたのです。上山さんが、ふたりになったのです。こんなばかなことがあるものでしょうか。

小林君は立ちあがって、叫《さけ》びました。

「上山さん、顔を見せてください。」

すると、上にいた上山さんは、

「え、わしの顔が見たいのかね。さあ、よく見るがいい。」

といいながら、穴《あな》のふちから、グッと顔《かお》をだしてみせました。小林君《こばやしくん》の懐中電灯《かいちゅうでんとう》が、その顔を照《て》らしました。

「アッ、やっぱり上山《かみやま》さんだ。ふしぎだなあ。この穴の底《そこ》にたおれている人は、上山さんとそっくりの顔をしているのですよ。まるで、ふたごの兄弟《きょうだい》みたいだ。」

「ウフフフフ……、ふたごはよかったねえ……。おいッ、小林、そこのポケット小僧《こぞう》も、よく聞くんだ。上山にはふたごの兄弟なんてないよ。ウフフフフ……、どちらかが、にせものさ。いったいどっちが、にせものだと思うね……、では、ひとつ、その証拠《しょうこ》を見せてやるかな。」

上山さんは、そういったかとおもうと、いきなり、ヒューッと口ぶえを吹《ふ》きました。するど、その口ぶえがあいずだったのでしょう。洞窟《どうくつ》のむこうのほうを、グルグルまわっていた夜光怪人《やこうかいじん》が、クルッとむきをかえて、上山さんのほうへ近づいてきたではありませんか。

上山さんは、夜光怪人がそばまでくるのを待って、なつかしそうに、手をその肩《かた》にまわして、ピッタリからだをくっつけました。そして、穴のふちへひざをついて、顔をそろえて、穴の中をのぞきこみました。

小林少年《こばやししょうねん》とポケット小僧は、穴の底《そこ》から、それを見たのです。

ああ、なんということでしょう。上山《かみやま》さんと夜光怪人《やこうかいじん》とは、なかよく肩《かた》を組んで、ほおをくっつけんばかりにして、穴《あな》のふちからのぞいているではありませんか。フサフサしたかみの毛と、チョビひげのある上山さんの顔《かお》、それにならんで、あのまっ赤《か》な目と、火を吹《ふ》く口の、青白い夜光の首です。

「アッ、わかった。それじゃあ、きみは……。」

小林君《こばやしくん》が、ギョッとしたような声で叫《さけ》びました。

「ウフフフ……、そこに、ころがっているのが、ほんものの上山だ。すると、このおれは、だれだろうね。」

上山さんが、からかうようにいいました。

「きみは四十面相《めんそう》だッ。四十面相でなくては、そんなにうまくばけられるはずがない。そして、夜光怪人にばけているのは、きみの部下《ぶか》だッ。」

小林君が、ずばりといいきりました。

「ウン、さすがは小林君だッ。よくさっした。そのとおりだよ。おれは四十面相さ。上山《かみやま》家《け》のヒスイの三重《さんじゅう》の塔《とう》をちょうだいするために、ちょっと上山さんといれかわったのだ。いつかの推古仏《すいこぶつ》のときと同じで、宝物《ほうもつ》をぬすむのには、そこの主人《しゅじん》にばけるのが、いちばんてっとりばやいからな。ウフフフ……」

上山《かみやま》さんにばけた四十面相《めんそう》が、じまんらしくいいました。

「すると、きみは、もうあのヒスイの塔《とう》を……」

小林君《こばやしくん》は、はやくもそれに気づきました。

「ウン、そのとおり。さっき、金庫《きんこ》にしまうと見せかけて、じつは、内ポケットにいれたのだ。おれの服《ふく》は手品師《てじなし》の服と同じで、大きなかくしポケットが、ほうぼうについているからな。ウフフフ……、ほら、これだ。よく見るがいい。」

そういって、穴《あな》のふちからだしてみせたのは、さっき書斎《しょさい》で見たのとそっくりの、十五センチほどの高さのヒスイの塔《とう》でした。

土くれの滝《たき》

ああ、なんということでしょう。四十面相は、上山さんの宝物《ほうもつ》を、これからぬすむようにみせかけて、そのじつは、とっくにぬすんでしまっていたのです。宝物をまもるために、小林少年《こばやししょうねん》たちをよんだときには、上山さんは、もうほんとうの上山さんではなかったのです。

では、上山さんにばけた四十面相は、なんのために、小林少年《こばやししょうねん》やポケット小僧《こぞう》をよんだのでしょうか。

むろん、それは、ふたりをアッといわせて、あざ笑《わら》うためだったのです。いや、もっと恐《おそ》ろしいことを、たくらんでいるのではないでしょうか。

この地底《ちてい》の洞窟《どうくつ》を、こっそりつくっておいたのも、四十面相《めんそう》のしわざかもしれません。そして、いつも、仕事《しごと》のじゃまをする小林少年《こばやししょうねん》とポケット小僧《こぞう》を、そこにとじこめ、なにかゾッとするような復讐《ふくしゅう》を、たくらんでいるのかもしれません。

夜光怪人《やこうかいじん》には、四十面相が、自分でばけることも、部下《ぶか》にばけさせることもあります。きょうは、四十面相は上山《かみやま》さんにばけていなければなりませんので、夜光怪人の役《やく》は部下にうけもたせたのでしょう。

小林少年は、グッと上をにらんで、どなりつけました。

「おい、四十面相くん。きみはヒスイの塔《とう》をぬすんだのだから、もう、このうちに用事《ようじ》はないはずだ。あとは逃《に》げだすばかりだ。しかし、ぼくたちがいては、逃げだすじゃまになるから、こうして、この洞窟の中へ、とじこめておこうというわけだね。」

それを聞くと、四十面相は、さもおかしそうに笑いました。

「ハハハ……、そのとおりだよ。きみたちは、ここにとじこめられたのさ。きみたちが、知恵《ちえ》をはたらかせれば、ここをぬけだすことができるかもしれない。まあ、やってみるんだね。だが、むずかしいだろうな。そのうちに、なんだかとほうもないことがおこりそうな気がするぜ。ウフフフ……」

それっきり穴《あな》のふちから、四十面相《めんそう》の顔《かお》も、夜光怪人《やこうかいじん》の顔もかくれて、しいんと、しずまりかえってしまいました。たぶん、ふたりは、どこかへ逃《に》げていったのでしょう。

小林少年《こばやししょうねん》とポケット小僧《こぞう》は、たおれている上山《かみやま》さんの手足の縄《なわ》をとき、たすけおこして、かいほうしました。

「おお、ありがとう、ありがとう。だが、きみたちは、いったいだれですか。」

上山さんは、べつに気をうしなっていたわけではありませんから、さっきの会話《かいわ》を聞いていましたが、ふたりの少年が、なにものであるかは、まだよくわからないのでした。

そこで小林君《こばやしくん》は、四十面相は、にせの上山さんにばけて、明智探偵事務所《あけちたんていじむしょ》へ電話をかけたこと、明智先生《あけちせんせい》がるすだったので、小林君がポケット小僧をつれて出かけてきたことなどを、話してきかせました。

「フーン、そうですか。それでわかった。あいつは、わしにばけて、ヒスイの塔《とう》を金庫《きんこ》からぬすみだしたんだね。じつに恐《おそ》ろしいやつだ。あいつはもう逃げてしまったのかもしれないが、わしたちは、ここにじっとしているわけにはいかない。どうかして、ここを出るくふうはないだろうか。」

上山《かみやま》さんは、高い穴《あな》のふちを見あげて、小首をかしげるのでした。

するといままで、だまっていたポケット小僧《こぞう》が、とんきょうな声でいいました。

「いいことがある。三人で肩車《かたぐるま》をやればいい。ね、まず上山さんの肩へ、小林《こばやし》さんがのるんだよ。それから、おれが、小林さんの肩の上までよじのぼる。そうすれば、穴のふちへ手がとどくよ。手さえとどけば、おれ、穴の上へとびあがれるよ。

それから、おれが穴の上へころがって、小林さんをひっぱりあげ、そのつぎには、小林さんと、おれとで、縄《なわ》をつかって、上山さんをひっぱりあげるんだ。そうすりゃ、みんな、穴の外へ出られるよね。ね、小林さん、それがいちばんいいよ。」

うまい考えです。小林少年《こばやししょうねん》は、

「よしッ、そうしよう。ね、上山さん、こいつのいうとおりです。あなたはこの壁《かべ》にくっついて、むこうむきに立ってください。ぼくは、あなたの背中《せなか》から肩へのぼります。」

といって、上山さんを立たせ、その背中へのぼりつこうとしました。

そのときです。どこからか、ドドド……という、恐《おそ》ろしい音が聞こえ、頭《あたま》の上から、なにかが雨のようにふってきたではありませんか。

土です。土がふってくるのです。

おとし穴の一方は、洞窟《どうくつ》の壁《かべ》にくっついていますので、その壁の上から、土がくずれ落《お》ちると、ちょうど三人の頭《あたま》の上にふりかかるわけです。

どこがくずれているのか、たしかめようとしましたが、とても上を見ることはできません。目の中にこまかい土が、とびこんでくるからです。

にぎりこぶしほどの土のかたまりから、こまかいのまで、水をふくんでドロドロした土くれが、ダダダ……、ダダダ……と、まるで滝《たき》のようにふってくるのです。

三人はおもわず、穴《あな》の中にうずくまって、おたがいに、だきあうようにして、土くれのあたるのをふせぎました。

ダダダ……、ダダダ……、土くれは、かぎりもなくふってきます。そして、その恐《おそ》ろしい物音《ものおと》にまじって、どこからともなく、あのぶきみな笑《わら》い声《ごえ》が、ひびいてくるのです。

「ケ、ケ、ケ、ケ、ケ……」

夜光怪人《やこうかいじん》の声です。まだそのへんにいるとすると、四十面相《めんそう》も、洞窟《どうくつ》にのこっているにちがいありません。

あらかじめ、土が落《お》ちるようなしかけが、つくってあったのでしょう。そのしかけをはずして、土の雨をふらせ、三人が土にうずまっていくのを、むこうの闇《やみ》の中から見て、笑《わら》っているのでしょう。

小林少年《こばやししょうねん》は、そこまで考えてハッとしました。

「あいつは、ぼくたちを、生きうめにするつもりだな。」

穴《あな》の底《そこ》につもった土は、底なし沼《ぬま》のようにドロドロして、足でふむとズブズブとしずんでしまいます。いくら土がつもっても、それを足場《あしば》にして、穴の外へ出られる見こみはありません。ドロドロの土はもうひざの高さまであがってきました。

「上山《かみやま》さん、このままじっとしていたら、ぼくらは土にうずまって、死《し》んでしまいます。さっきの肩車《かたぐるま》でやってみましょう。さあ、むこうをむいて立ってください。……ポケット君《くん》も、あとからのぼるんだよ。」

小林少年《こばやししょうねん》はそういって、上山さんの背中《せなか》へのぼりつこうとしましたが、ダダダ……と、ふってくる滝《たき》のような土に、頭《あたま》や、顔《かお》をうたれるうえ、上山さんの背広《せびろ》もドロドロになっているので、手をかけると、ツルツルすべって、どうすることもできません。

しかし、命《いのち》にかかわることですから、なんども、なんども、同じことをやってみました。あるときは、小林君《こばやしくん》がうまく上山さんの肩にのぼり、ポケット小僧《こぞう》も、上山さんの背中から小林君の背中へとよじのぼり、とうとう肩の上に立ったのですが、穴のふちに手をかけようとすると、そこも、ドロドロの土におおわれていたので、ツルリとすべり、グラッとよろめくと、三人ともおりかさなって、穴の底へぶったおれてしまいました。みんな、顔から手から、全身《ぜんしん》どろだらけです。

いくらやってもだめなので、三人はもう、あきらめてしまいました。

いまは、腰《こし》までの深《ふか》さになったどろの中に、じっと立っているばかりです。

土の滝《たき》は、いつまでもやみません。ダダダ……ダダダ、恐《おそ》ろしいいきおいで、三人の頭《あたま》の上からふりそそいできます。

底《そこ》なし沼《ぬま》の表面《ひょうめん》は、もうポケット小僧《こぞう》の腹《はら》のへんまでのぼってきました。腹《はら》から胸《むね》、胸からのど、どろの沼は深くなるばかりです。

とうとうどろは、ポケット小僧の口までのぼってきましたので、上山《かみやま》さんが小僧をだきあげてくれました。

こんどは、小林君《こばやしくん》の番です。胸からのど、のどからあごへと、ドロドロしたものがのぼってきます。

上山さんは、左手でポケット小僧を、右手で小林少年をだきあげなければなりませんでした。

しかし、それも、いつまでつづくことでしょう。どろの表面はもう、上山さんののどのところまで、すりあがってきたではありませんか。

巨人《きょじん》と怪人《かいじん》

上山《かみやま》さんにばけた四十面相《めんそう》は、おとし穴《あな》のそばに立って、それを見ながら、ゲラゲラ笑《わら》っていました。いつも仕事《しごと》のじゃまをする小林少年《こばやししょうねん》やポケット小僧《こぞう》が、苦《くる》しんでいるのを見て、よろこんでいるのです。

あとになって、わかったのですが、この洞窟《どうくつ》は、上山さんのまえに、ここに住んでいた人が、*防空《ぼうくう》ごうとしてほらせたものでした。庭《にわ》の古井戸《ふるいど》を利用《りよう》したふうがわりな防空ごうでした。

しかし、戦争《せんそう》がすんで年がたったので、防空ごうのことなんか、みんながわすれてしまっていました。上山さんも、そんなところに防空ごうがあるなんて、すこしも知らなかったのです。

この古い防空ごうを見つけたのは、怪人《かいじん》四十面相《めんそう》でした。四十面相は、ここをつかって、みんなをアッといわせてやろうと考えました。そして防空ごうの中へ、いろいろなしかけをつくって、いざというときに、つかえるようにしておいたのです。

四十面相は小林少年たちが苦しんでいるのを、たのしそうにながめていましたが、その

＊空襲《くうしゅう》のとき、避難《ひなん》するために地面をほって作った穴ぐら

とき、あの夜光人間《やこうにんげん》の首が、四十面相《めんそう》のうしろから、スーッと近づいてきました。例《れい》の黒いシャツを着《き》ているので、からだは、すこしも見えないのです。

「かしら、もう、助《たす》けてやりましょうよ。でないと、あいつら、死《し》んでしまいますぜ。」

夜光の首が、四十面相にささやきました。

「うん、そうだ。おれもあいつらを殺《ころ》す気はないのだ。おれは人殺《ひとごろ》しはしないのだ。もうずいぶん苦《くる》しんだから、このくらいでいいだろう。おまえ、助けてやりな。」

夜光怪人《やこうかいじん》にばけている四十面相の部下《ぶか》は、どこからか一本の縄《なわ》を持ってきて、それを、おとし穴《あな》の中へたらして、ポケット小僧《こぞう》、小林少年《こばやししょうねん》、上山《かみやま》さんのじゅんで、外へ助けだしました。みんなからだじゅうどろまみれです。

「アハハハハ……、小林、ポケット小僧、すこしはこたえたか。これがおれの復讐《ふくしゅう》だよ。だが、きみたちは、まだかえさない。きみたちを、ここにとらえておけば、いまに明智探偵《あけちたんてい》がやってくる。おれはそれを待っているのだ。うらみかさなる明智のやつを、うんと、こらしめてやらなければ気がすまないのだ。」

暗闇《くらやみ》の洞窟《どうくつ》の中に、四十面相の声が、陰《いん》にこもってひびきました。

するとそのとき、どこからか、まったくちがった、みょうな声が聞こえてきたではありませんか。

「その明智探偵《あけちたんてい》は、もう、ここへきているかもしれないぜ。」

「エッ、なんだって？　もう一度《ど》いってみろ。明智探偵がどうしたというのだ。」

四十面相《めんそう》が、びっくりしたように、聞きかえしました。

「ここへきているというのさ。」

宙《ちゅう》に浮《う》いている夜光《やこう》の首の、火のようにもえる口が、パクパクと動《うご》いていました。しゃべっているのは、夜光の首なのです。

四十面相は、それに気がつくと、ギョッとして、タジタジと、あとじさりをしました。

「なんだ、おまえは、おれの部下《ぶか》じゃないか。なにをいってるんだッ。」

「きみの部下は、あそこにいるよ。」

夜光の首の下についてる、黒シャツと黒いてぶくろにおおわれた手が、懐中電灯《かいちゅうでんとう》をつけて、洞窟《どうくつ》のすみを照《て》らしました。

「アッ。」

そこの地面《じめん》に、黒シャツを着《き》た男が、手足をしばられて、ころがっているではありませんか。

「頭《あたま》から黒い覆面《ふくめん》をかぶせておいたから、夜光の顔《かお》は見えないけれど、あれがきみの部下だよ。さるぐつわがはめてあるので、声をだすこともできないのだ、きみが、おとし穴《あな》の三人が苦《くる》しんでいるのを見ているあいだに、ぼくは、夜光人間《やこうにんげん》にばけて、ここへはいってきたのだ。そして、きみの部下《ぶか》をしばりあげて、部下のかわりをつとめたというわけだよ。」

「それじゃあ。きさま、明智小五郎《あけちこごろう》だな。」

「そのとおり。」

「どうして、ここがわかった?」

「きみが古井戸《ふるいど》の外へのこしておいた上山一郎君《かみやまいちろうくん》と書生《しょせい》さんが、電話で知らせてくれたのさ。しかし、それまでのことは、小林君《こばやしくん》から、たびたび電話がかかっているので、すっかりわかっていた。上山さんからよばれたとき、ぼくがうちにいないといったのは、うそなんだよ。ぼくは夜光人間にばける用意《ようい》をととのえて、事務所《じむしょ》で待っていたのだ。顔《かお》に夜光《やこう》塗料《とりょう》をぬって、豆電球《まめでんきゅう》のついた大きな赤ガラスのめがねをはめ、口の中にも豆電球をふくめば、たちまち、夜光の首ができあがるんだからね。わけはないのだ。そしてふいをついて、きさまをつかまえるために、じっと時のくるのを待っていたのだよ。」

四十面相《めんそう》の右手《て》に持っている懐中電灯《かいちゅうでんとう》がパッとつきました。そして、そのまるい光が、夜光の首を照らしたのです。

夜光怪人《やこうかいじん》にばけた明智の懐中電灯も、四十面相の顔を、正面《しょうめん》から照らしました。

そして、ふたりは、ものもいわないで、しばらくのあいだ、にらみあっていました。

明智探偵《あけちたんてい》は全身《ぜんしん》まっ黒で、首だけが銀色《ぎんいろ》にひかる夜光怪人《やこうかいじん》にばけ、四十面相《めんそう》はシャツとズボン下だけになった上山《かみやま》さんにばけているのです。巨人《きょじん》と怪人は、地底《ちてい》の洞窟《どうくつ》の中で、その異様《いよう》なすがたで、ふしぎなにらみあいをつづけるのでした。

二分間ほども、身動《みうご》きもしないで、にらみあっていたあとで、はじめに口をきいたのは、四十面相です。

「で、きみは、おれをつかまえるというのか。」

「もちろんだ。きみはもう、つかまっているのだよ。」

「エッ、つかまっている？　だれに？」

「あれを見たまえ。」

明智の懐中電灯《かいちゅうでんとう》がサッと動いて、洞窟の入り口のほうを照《て》らしました。そこには、制服《せいふく》すがたいかめしい警官《けいかん》が五人、肩《かた》をくっつけるようにして、ならんでいたではありませんか。

「アッ！」

四十面相は、おもわずおどろきの声をたて、そのまま、洞窟のおくのほうへ逃《に》げだしました。

「追《お》っかけるんだ。みんなで追っかけてください。そして、あいつを、ひっくくってください。」

明智探偵《あけちたんてい》の声が、闇《やみ》の中にひびきわたりました。

五人の警官《けいかん》は、みな懐中電灯《かいちゅうでんとう》を持っていました。それが、パッと一度《ど》についたのです。

そして、その光が、逃《に》げる四十面相《めんそう》のあとを追いました。

「ワハハハハ……」

四十面相の笑《わら》い声《ごえ》が、ものすごく洞窟《どうくつ》にこだましました。彼《かれ》は逃《に》げながら、ひたすら笑っているのです。

なぜそんなに笑うのでしょう。四十面相のことですから、なにか恐《おそ》ろしいおくの手が用《よう》意《い》してあるのではないでしょうか。

鉄《てつ》格《ごう》子《し》

五つの懐中電灯に追われて、逃げていく四十面相のむこうに、トンネルのような、ほら穴《あな》の口がひらいていました。石を組んで、材木《ざいもく》でささえた、鉱山《こうざん》のよこ穴のようなものです。

四十面相《めんそう》は、ワハハハと笑《わら》いつづけながら、そのトンネルの中へ、とびこんでいきました。ひょっとしたら、古井戸《ふるいど》とはべつに、こちらにも、出入り口があるのではないでしょうか。

いずれにしても、はやく追《お》っかけてつかまえなくてはなりません。

五人の警官《けいかん》は、四十面相のあとから、そのトンネルへかけこみました。ふたりならんで走れるほどのトンネルです。

警官たちは、おりかさなるようにして、その中をかけていきましたが、とつぜん、むこうを走っていく四十面相の笑い声が、恐《おそ》ろしく高くなり、くるッとこちらをふりむきました。

そのときです。警官たちの頭《あたま》の上で、ガラガラッという音がしたかとおもうと、トンネルの天井《てんじょう》から、鉄格子《てつごうし》が落《お》ちてきて、ガチャンと地面《じめん》にぶつかり、トンネルをふさいでしまいました。

さきに立っていた警官は、その鉄格子に、おしつぶされそうになって、あやうく身《み》をかわしたのです。

こうして、五人の警官と四十面相のあいだは、がんじょうな鉄格子でへだてられてしまったので、もう追っかけることができなくなりました。警官たちは、鉄格子にとりついて、力まかせに上にあげようとしましたが、びくとも動《うご》くものではありません。

鉄格子《てつごうし》のむこうでは、シャツ一枚《まい》の上山《かみやま》さんにばけた四十面相《めんそう》が、五本の指《ゆび》を、鼻《はな》のさきでヘラヘラやって、こちらをからかっています。

「ワハハハハ……、どうだい、四十面相のおくの手を見たか。おれはいつでも、けっしてつかまらないいだけの用意《ようい》がしてあるんだ。きみたちは、はやく古井戸《ふるいど》へもどったほうがいいだろう。ぐずぐずしていると、まだまだ恐《おそ》ろしいことがおこるかもしれないぜ。」

警官《けいかん》たちは、このまま、のめのめと、ひきかえすわけにはいきません。明智探偵《あけちたんてい》に相談《そうだん》しようとして、あたりを見まわしましたが、どこにも、そのすがたが見えません。すがたといっても、夜光《やこう》の首だけなのですが、それがどこかへ消《き》えてしまって、うしろの洞窟《どうくつ》の中に見えないのです。

「ワハハハハ……」

そのとき、四十面相の笑《わら》い声《ごえ》が、また、いちだんと高くなりました。

すると、それがあいずででもあったように、ふたたび頭《あたま》の上に、ガラガラッという音がして、ガチャンと、鉄格子が落《お》ちてきました。こんどは、警官たちのずっとうしろのほうで落ちたのです。

警官たちは、おどろいて、そのほうへかけだしていって、鉄格子をゆさぶりました。びくとも動《うご》くものではありません。

こうして、前とうしろに鉄格子《てつごうし》が落《お》ちたので、警官《けいかん》たちは、それにはさまれて、どちらへもいけぬようになってしまいました。とつぜん、トンネルの中に牢屋《ろうや》ができて、その中へとじこめられたようなものです。

「ワハハハ……だから、さっき、はやくお帰りなさいといったでしょう。ぼくのいうことを聞かなかったから、そんなめにあったのですよ。ワハハハハ……。では、ぼくは、こちらの出口から、しっけいします。……あばよ。」

四十面相《めんそう》はそういいすてて、トンネルのおくへ、すがたを消《け》してしまいました。

網《あみ》の中

トンネルのつきあたりには、せまい石の階段《かいだん》があって、それをのぼると、地上へ出られるようになっていました。

階段をのぼりきったところに、うすい石のふたがあります。それを上におしあげると、ちょうどマンホールぐらいの穴《あな》があいて、そこから地上に出られるのです。

その出口は上山《かみやま》さんの庭《にわ》の中ではありません。上山さんの屋敷《やしき》の外の原っぱなのです。

その原っぱのすみに、ひくい木がしげっていて、防空《ぼうくう》ごうの石のふたは、そのしげみの中の草むらに、かくれているのです。

シャツ一枚《まい》の四十面相《めんそう》は、石のふたをおしあげて、しげみの中にはいだしました。夜のことですから、あたりはまっ暗《くら》です。四十面相は、むろん懐中電灯《かいちゅうでんとう》を消《け》していました。光が見えて、だれかに気づかれては、たいへんだからです。

石のふたを、もとのとおりにしめて、立ちあがろうとしました。すると、ふといクモの巣《す》のようなものが、顔《かお》の上にかぶさってきました。

そのクモの巣は、いくらひっぱっても切れません。へんだなと思って手さぐりをしてみました。

それは、クモの巣ではなくて、じょうぶなひもでできた網《あみ》のようなものでした。手でたぐってみると、その網は、どこまでもつづいているのです。

思いきって、ぐっと立ちあがってみました。そして、二、三歩《ぽ》あるいたかとおもうと、網に足をとられて、そこへ、ころがってしまいました。

立ちあがろうとすると、網が四方からからんできて、手も足も、自由《じゆう》がきかなくなり、もがけばもがくほど、からみついてきて、どうすることもできません。

「ワハハハハ……、四十面相君《めんそうくん》。きみは、もう網にかかったさかなだよ。きみのほうにお

くの手があれば、こちらにも、そのもうひとつ上のおくの手がある。どうだね、わかったかね。」

こんどは、べつの人が笑《わら》う番でした。四十面相《めんそう》は、その声にギョッとして、闇《やみ》の中を見つめました。

すると、五メートルほどむこうの、まっ暗《くら》な空中が、ボーッと明るくなり、夜光人間《やこうにんげん》の銀色《ぎんいろ》の首が、あらわれてきたではありませんか。まっ赤《か》にひかる大きな目、ほのおをはくかとみえる恐《おそ》ろしい口。

「アッ、きさま、明智《あけち》だなッ。」

四十面相が、くやしそうに叫《さけ》びました。

「そうだよ。警官諸君《けいかんしょくん》に、きみを追《お》いだしてもらって、ぼくは、ここへ、先まわりしていたのさ。この古い防空《ぼうくう》ごうを発見《はっけん》したのは、きみばかりじゃない。ぼくのほうでも、ちゃんと気づいていたんだよ。防空ごうが一方口《いっぽうぐち》というはずはない。古井戸《ふるいど》とはべつの出口が、どこかにあるだろうと、少年探偵団《しょうねんたんていだん》のチンピラ隊《たい》の諸君に、さがしてもらったのさ。チンピラ隊は、そういうことが、だいとくいだからね。たちまち、さがしだしてしまった。

ホラ、見たまえ、きみにかぶせた網《あみ》を、八方からおさえているのは、八人のチンピラ隊の子どもたちだよ。」

明智探偵《あけちたんてい》の黒シャツの手が、懐中電灯《かいちゅうでんとう》をパッとつけて、地上にふせてある大きな網《あみ》の八方を、つぎつぎと照《て》らしてみせました。

網のはしばしに、十一、二歳《さい》から十四、五歳の、よごれた服《ふく》を着《き》た少年たちが、とりすがっていました。大きな目をむいて、いばっている子ども、鼻《はな》をヒクヒクさせて、大きな口をあいて笑《わら》っている子ども、チンピラ隊《たい》には、ちゃめすけが多いのです。みんな、海岸《かいがん》で大漁《たいりょう》の地引《じび》き網《あみ》でもひいているような気持ちでいます。その網にかかったのは、大物《おおもの》も大物、怪人《かいじん》四十面相《めんそう》なのですからね。

「ちくしょう、やりゃあがったなッ。」

四十面相は、恐《おそ》ろしい顔《かお》で、チンピラたちをにらみつけて、網をやぶろうと、めちゃくちゃにもがきまわりました。しかし、じょうぶな網は、いっそう、からだに巻《ま》きついてくるばかりで、なかなか切れるものではありません。

「ワハハハ……、さすがの怪人も、もう運《うん》のつきだね。もう一度防空《ぼうくう》ごうにもどろうとしても、そこには五人の警官《けいかん》が待ちかまえている。

また、こちらには、八人のチンピラ隊とぼくのほかに、上山《かみやま》さん、小林君《こばやしくん》、ポケット小僧《こぞう》、それから上山さんの書生《しょせい》さんがふたりいる。きみが、いくら強くても、とても逃《に》げる見こみはなさそうだね。」

夜光怪人《やこうかいじん》にばけた明智探偵《あけちたんてい》がそういって、懐中電灯《かいちゅうでんとう》をべつの方角《ほうがく》にふりむけました。そして、まだどろまみれの上山《かみやま》さん、小林少年《こばやししょうねん》に、ポケット小僧《こぞう》などを、つぎつぎと照《て》らしだしてみせるのでした。

そのとき、へんなことがおこりました。さっき四十面相《めんそう》が出てきた穴《あな》の石のふたが、グーッと持ちあがって、その下から、ニューッと、警官《けいかん》の帽子《ぼうし》をかぶった顔《かお》があらわれたのです。

五人の警官たちが、鉄格子《てつごうし》を上にあげるしかけのボタンを発見《はっけん》して、四十面相のあとを追《お》ってきたのです。

石のふたのとれた穴から、つぎつぎと警官があらわれ、すぐ目の前に四十面相がいるのを見ると、いきなり、とびかかっていって、大格闘《だいかくとう》になりました。警官たちも、網《あみ》をかぶったままの格闘です。

ひとりに五人ですから、四十面相でもかなうはずがありません。それに網をかぶせられているのですから、逃《に》げだすことは、ぜったいにできません。とうとう手錠《てじょう》をはめられてしまいました。

四十面相がつかまったことがわかると、網にとりついていた八人のチンピラ隊《たい》は、

「よいしょ、よいしょ。」

とかけ声をかけて、網《あみ》をめくってしまいましたので、警官《けいかん》たちは、やっと自由《じゆう》の身《み》になることができました。

手錠《てじょう》をはめられた四十面相《めんそう》をまん中に、五人の警官がそのまわりをとりかこんで、上山《かみやま》さんの門の前にいる警察自動車《けいさつじどうしゃ》のほうへ、ひったてていくのでした。

どろまみれの小林少年《こばやししょうねん》とポケット小僧《こぞう》は、それを見送《みおく》っていましたが、ポケット小僧はもう、うれしくてたまりません。どろだらけの顔《かお》で、いきなり叫《さけ》びました。

「明智先生《あけちせんせい》ばんざーい！　小林団長《こばやしだんちょう》ばんざーい！　少年探偵団《しょうねんたんていだん》とチンピラ隊《たい》ばんざーい！」

すると、八人のチンピラ隊も、それにあわせて、うれしそうに「ばんざい、ばんざい」を、くりかえすのでした。

謎解《なぞと》きの解放感

石井直人《いしいなおと》
（児童文学評論家）

鳥肌《とりはだ》が立つといいます。寒かったり、恐《こわ》かったりすると、わたしたちの皮膚《ひふ》がぎゅっと収縮《しゅうしゅく》して、「毛穴《けあな》がきわ立ってぶつぶつして見える」からです。その様子がまるで羽毛《うもう》を抜《ぬ》いた後の鳥、たとえば、ニワトリの肌のようだからです。なんだか、こうやってわざわざその意味をたしかめるとかえって気持ち悪いかもしれませんが、これは、だれでも経験したことがあるでしょう。とくに、怪談《かいだん》めいたおそろしい話を耳打ちされたりしたときなどに。さっと顔がこわばり、肩《かた》から二《に》の腕《うで》のあたりにかけて、ぞくぞくっと寒気がして、見れば、まるで羽をむしられた無残な鳥の皮膚のよう、というわけです。

たしかに、江戸川乱歩《えどがわらんぽ》は、わたしたちをよく恐がらせてくれるようです。『少年探偵団《しょうねんたんていだん》』は、冒頭《ぼうとう》、「そいつは全身《ぜんしん》、墨《すみ》を塗《ぬ》ったような、おそろしくまっ黒なやつだということでした。」と始まります。この正体不明の黒い魔物《まもの》が、闇《やみ》の中、ケラケラという笑い声とともに屋敷町《やしきまち》のさびしい路地に現れるといううわさでした。ある夜のことです。少年探偵団の一員である桂正一君《かつらしょういちくん》がおうちに帰ろうと裏道《うらみち》を歩いていたときのことです。
「両側《りょうがわ》は長い板塀《いたべい》や、コンクリート塀や、いけがきばかりで、街灯《がいとう》もほの暗《ぐら》く、夜ふけでもないのに、まったく人通りもないさびしさです。／春のことでしたから、気候《きこう》はちっとも寒《さむ》くないのですが、そうして、まるで死《し》にたえたような夜の町を歩いていますと、なんとなく首すじのところが、ゾクゾクとうそ寒《ざむ》く感《かん》じられます。」

このシリーズでよく舞台となる防空ごうの跡《あと》

いやな予感がします。一つ曲がり角をまがって、ふと顔を上げると、案《あん》の定《じょう》、出るのです、黒い影《かげ》が。かえって、魔物《まもの》そのものよりも、魔物が出そうだという感じこそがおそろしい。

おそろしさといえば、わたしは、小学生時代に、エドガー・アラン・ポー（江戸川乱歩《えどがわらんぽ》というペンネームは、この作家の名前をもじったものだそうです）の恐怖小説《きょうふしょうせつ》によって、いやというほど味わわせてもらいました。とりわけ、『赤死病《せきしびょう》の仮面《かめん》』と『アッシャー家《け》の崩壊《ほうかい》』。この二作は、恐怖感《きょうふかん》というよりも嫌悪感《けんおかん》といってよく、鳥肌《とりはだ》どころか翌日《よくじつ》から発熱して寝込《ねこ》んだほどでした。けれども、おかしなことに、小学生時代の読書で思い出に残る本は？　と聞かれると、このポーなのです。それほど物凄《ものすご》かったということでしょう。

わたしにとって、江戸川乱歩《えどがわらんぽ》の『少年探偵団《しょうねんたんていだん》』は、もう少しちがう感じでした。おそろしいだけではなく、うつくしかったのです。この『夜光人間《やこうにんげん》』でも、少年探偵団の仲間が森の中ではじめて怪物《かいぶつ》をまのあたりにするくだりは、こんなふうです。

「黒ビロードの闇《やみ》の中に、ピカピカと銀色にひかる人間。それが空へ空へとのぼっていくのです。なんという、美しさでしょう。ぞっとするほど、こわくて、美しい光景《こうけい》です。／少年たちは、息《いき》もつまる思いで、それを見つめているのでした。」

鳥肌《とりはだ》が立つのは、おそろしいときばかりではありません。文学であれ、音楽であれ、あるいは、身近な人間の小さなしぐさにであれ、深く感動したときは、息がつまり、体がふるえ、肌がおののくのだといわねばなりません。「こわくて、うつくしい光景」。こういう感覚がありうるのだということを、おそらく、わたしは、江戸川乱歩から教わったのだと思います。

それからもうひとつ思うのは、江戸川乱歩は清潔《せいけつ》だということです。というのも、「少年探偵」シリーズには怪物《かいぶつ》や魔法《まほう》といった怪談《かいだん》めいたことがたくさん描《えが》かれますが、それらは、たとえ恐怖感《きょうふかん》をもたらしたとしても、決して嫌悪感《けんおかん》をもたらしはしません。おぞまし

くはないのです。このことは、彼の探偵小説《たんていしょうせつ》についての考えからやってくるのではないかと思われます。彼によれば、

「探偵小説とは、主として犯罪に関する難解《なんかい》な秘密《ひみつ》が、論理的《ろんりてき》に、徐々《じょじょ》に解かれて行く径路《けいろ》の面白さを主眼とする文学である。」（『幻影城《げんえいじょう》』）

ということになります。ここにある、「論理的に」と「解かれて行く」という言葉に注目してください。あくまでも、秘密は、秘密のままで終わるのではなく、実はこうなっていた、秘密に見えたのはこういうわけだったと、種明かしがなされねばならないのです。たしかに、種明かしがなされるとき、わたしたちは、空が晴れていくような気持ち良さを感じます。それは、探偵小説の面白さとして欠かせないものでしょう。

『夜光人間《やこうにんげん》』は、『少年』という雑誌に昭和三十三（一九五八）年一月号から十二月号まで連載《れんさい》されました。ここでは、小林少年《こばやししょうねん》を団長とする少年探偵団《しょうねんたんていだん》とチンピラ別働隊《べつどうたい》が、夜光《やこう》怪人《かいじん》の正体を見破ってゆきます。そうです、彼らの頭脳《ずのう》は、夜の光ではなく、理性の光に満ちていたのです。

編集方針について

現代の読者に親しんでいただけるよう、次のような方針で編集いたしました。

一　第二次世界大戦前の作品については、旧仮名づかいを現代仮名づかいに改めました。

二　漢字の中で、少年少女の読者にむずかしいと思われるものは、ひらがなに改めました。

三　少年少女の読者には理解しにくい事柄や単語については、各ページの欄外に注（説明文）をつけました。

四　原作を重んじて編集しましたが、身体障害や職業にかかわる不適切な表現については、一部表現を変えたり、けずったりしたところがあります。

五　『少年探偵・江戸川乱歩全集』（ポプラ社刊）をもとに、作品が掲載された雑誌の文章とも照らし合わせて、できるだけ発表当時の作品が理解できるように心がけました。

以上の事柄は、著作権継承者である平井隆太郎氏のご了承を得ました。

ポプラ社編集部

編集委員・平井隆太郎　砂田弘　秋山憲司

本書は1999年2月ポプラ社から刊行
された作品を文庫版にしたものです。

文庫版 少年探偵・江戸川乱歩　第19巻

夜光人間《やこうにんげん》

発行　2005年2月　第1刷
2018年2月　第11刷

作家　江戸川乱歩《えどがわらんぽ》

装丁　藤田新策《ふじたしんさく》

画家　佐藤道明《さとうみちあき》

発行者　長谷川 均

発行所　株式会社ポプラ社

東京都新宿区大京町22-1　〒160-8565

TEL　03-3357-2216（編集）
03-3357-2212（営業）

振替　00140-3-149271

インターネットホームページ　www.poplar.co.jp

印刷・製本　図書印刷株式会社

落丁、乱丁本は送料小社負担でお取り替えいたします。
小社製作部宛にご連絡下さい。電話0120-666-553
受付時間は月～金曜日、9：00～17：00（祝日・休日は除く）
読者の皆様からのお便りをお待ちしております。
いただいたお便りは編集部から著者にお渡しいたします。

*N.D.C.*913　178p　18cm　ISBN978-4-591-08430-4

文庫版　少年探偵・江戸川乱歩　全26巻

怪人二十面相と名探偵明智小五郎、少年探偵団との息づまる推理対決！

1 怪人二十面相
2 少年探偵団
3 妖怪博士
4 大金塊
5 青銅の魔人
6 地底の魔術王
7 透明怪人
8 怪奇四十面相
9 宇宙怪人
10 鉄塔王国の恐怖
11 灰色の巨人
12 海底の魔術師
13 黄金豹
14 魔法博士
15 サーカスの怪人
16 魔人ゴング
17 魔法人形
18 奇面城の秘密
19 夜光人間
20 塔上の奇術師
21 鉄人Q
22 仮面の恐怖王
23 電人M
24 二十面相の呪い
25 空飛ぶ二十面相
26 黄金の怪獣